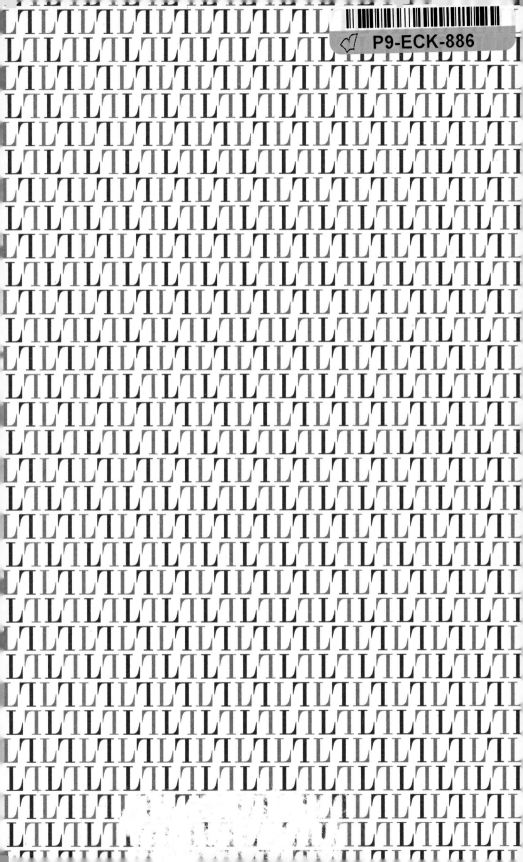

Historias
de un agente inmobiliario

Historias
de un agente inmobiliario

Jacobo Armero

Lumen

narrativa

Papel certificado por el Forest Stewardship Council®

MIXTO
Papel procedente de
fuentes responsables
FSC   FSC® C117695
www.fsc.org

Primera edición: abril de 2019

Printed in Spain – Impreso en España

33614081494766   ISBN: 978-84-264-0661-3
Depósito legal: B-5306-2019

Compuesto en M. I. Maquetación, S. L.
Impreso en Egedsa
Sabadell (Barcelona)

H 4 0 6 6 1 3

Penguin
Random House
Grupo Editorial

Para Lola y para los niños, Diego, Juan y Coloma

A la salud de Gonzalo y Belén

En este mundo traidor nada es verdad,
nada es mentira, ni siquiera el color
del cristal con que se mira.

GASPAR LERRATÉ,
Sobre Campoamor

1

Mi padre me decía de vez en cuando que yo de mayor podía ser notario. Él tenía el ejemplo del suyo, que lo fue de Navalcarnero, de Bilbao y de Madrid. Tampoco es que me lo soltara muy a menudo ni nada. «Te sacas la oposición y a vivir», me decía, repitiendo la frase que probablemente había oído él en casa. Ninguno de los dos seguimos los consejos paternos.

El abuelo tenía la notaría dos pisos más abajo de su casa. Debía de ser yo muy pequeño cuando bajaba para darle un recado de la abuela, que ya estaba la comida o algo por el estilo. Se ve que también intentaba ella inculcarme el oficio haciéndome visitar la notaría como quien no quiere la cosa. Lo único que recuerdo *realmente* de aquellas incursiones es la bajada a todo correr por la escalera de mármol blanco, el chirriar de una puerta de madera gigantesca y la sensación de que había que moverse con mucho sigilo por aquel lugar.

Afortunadamente, desde que me he convertido en agente inmobiliario estoy frecuentando las notarías bastante más de lo que lo hacía en aquella época. Entiendo que, a primera vista, pueda parecerles un plan no demasiado apetecible, pero no pisarlas significaría que no habría llegado a vender ningún piso, que es de lo que, al fin y al cabo, trata este nuevo negocio en el que me he metido. El día de la notaría me pongo mi mejor traje —el de ojo de perdiz es mi preferido— y lo celebro por todo lo alto.

Pero me estoy precipitando un poco. Dejen que antes de nada les cuente cómo empezó todo, no se crean que esto de convertirse en agente inmobiliario fue llegar y besar el santo.

Un buen día, uno más con poca tarea por delante, al final de la sexta primavera de la devastadora crisis económica iniciada en 2007, apareció en la bandeja de entrada de mi correo electrónico una nueva oferta de empleo de esas completamente absurdas de las que uno no entiende ni el nombre del puesto que ofrecen. Me armé de valor y respondí, una vez más, sabiendo que no me iban a contestar, convencido de que solamente se consigue trabajo si se tiene un buen contacto. Rebosando optimismo, vaya.

Me contestaron. Era para hacerse agente asociado de una inmobiliaria en Almería. Me mandaban un cuestionario bastante extenso, que rellené pacientemente, dado que no tenía nada mejor que hacer. Lo envié. A los pocos días se pusieron en contacto conmigo para una entrevista. Si no me venía bien trasladarme tan lejos, casi mejor me mandaban a una oficina de Madrid. Ya me volverían a llamar.

Me volvieron a llamar. Esta vez era un señor de la agencia inmobiliaria en cuestión, RE/MAX, la del globito, que tenía su sede en Moratalaz. Quedamos en vernos. No tenía muchas esperanzas, pero tampoco nada que perder. Por aquellos días no sabía muy bien si ponerme a servir o buscar muchacha, como decía mi abuela. Me presenté, una mañana radiante, en ese barrio que nunca había pisado antes. Desde la boca de metro de Vinateros paseé entre bloques de pisos que me recordaron a experimentos de la arquitectura moderna que había estudiado durante la carrera.

En la agencia me recibió Iván, el bróker, quien me explicó de qué iba el asunto. Por supuesto, de sueldo nada de nada. Es más, había que pagar una cuota porque te formaban, y te integrabas en una empresa líder. Vamos, que sonaba todo a cuento chino. Pero hubo algo en esa primera conversación que acabaría animándome a intentarlo: me encontré con una persona que me hablaba claro, a la cual entendí perfectamente, y que me contó cosas que me interesaron.

Aun así, tardé bastante en decidirme a probar. En aquel momento el sector inmobiliario era el epicentro de la crisis, e intentar vivir de él, una idea de bombero. Sin embargo, intuí que podía no ser tan disparatada. Estar posicionado en ese sector algo más adelante, cuando la situación hubiera mejorado —antes o después tenía que empezar a hacerlo—, podía ser un acierto. Dar el paso me costó mucho esfuerzo, aunque ahora ya no me acuerde. Lo más complicado fue *convertirme* en agente inmobiliario, es decir, no ser ya más arquitecto, ni editor, para trabajar en algo distinto. Renunciar a lo que había venido haciendo toda la vida no fue nada fácil. Mucha gente a la que se lo contaba se llevaba las manos a la cabeza como si fuera algo terrible, pero seguí adelante.

Volví a Moratalaz muchas tardes, que pasé aprendiendo el oficio con Iván. Y poco a poco fui descubriendo que el agente inmobiliario es un mediador que sirve para canalizar un cambio, pero no en un sentido tan abstracto como la arquitectura, sino en otro mucho más concreto, más humano. Cada una de las personas que quieren vender su casa tiene su propia historia, que te cuenta sin ningún pudor en su mesa camilla, al caer la noche. María José, dependienta de El Corte Inglés, quiere vender el piso del barrio de la Concepción en el que vivió con su madre hasta que esta murió. Marta, que pensaba que iba a pasar toda la vida con su Antonio en su casita de El Viso, tiene ahora que deshacerse de ella porque él la ha dejado. Ramón ha heredado la casa de su madrina en el Parque de las Avenidas —no era en realidad su madrina sino la de su hermana, pero él se hizo ahijado adoptivo porque la suya no le hacía ni caso.

Según iba escuchando nuevas historias fui comprobando que las casas son lo de menos, que lo importante es la motivación de las personas para vender o comprar, el deseo de emprender un nuevo proyecto dejando atrás el pasado. Los inmuebles son los contenedores de la vida de la gente y almacenan todos sus recuerdos; los vendedores en realidad se están deshaciendo fundamentalmente de eso. Y, por el contrario, los compradores tienen un proyecto de futuro. Se trataba de buscar un punto de acuerdo entre esas dos partes tan alejadas. Un nuevo mundo se fue revelando ante mis ojos, una salida a un universo mucho más variado y cercano a lo cotidiano que aquel del que provenía, y, sobre todo, en el que parecía existir la posibilidad de volver a ganar dinero, algo que ya no era posible con mis ocupaciones anteriores. Tenía que conseguir yo a mi vez dejar atrás el pasado y construir un proyecto de futuro. Lo que ahora se llama reciclarse, vamos. Me di de alta en la compañía el 24 de julio de 2013. Esa fecha sí que la tengo grabada, un robot me envía anualmente un entrañable e-mail automático para felicitarme: ya son dos años juntos, ya son tres años juntos, ya son cuatro años juntos...

2

Llegué tempranito por la mañana, un día de esos luminosos del mes de julio, resplandecía la calle recién regada. Había quedado con Carmen, una rubia muy menudita, bien arreglada, grandes ojos marrones dentro de una cara muy amplia, con unos taconazos de vértigo, un tono de voz imposible y todo el oficio del mundo a sus espaldas. Me la habían puesto de mentora, que es como se llama ahora a los que ya tienen experiencia y enseñan a los nuevos, que son los mentorizados; o sea, lo del maestro y el aprendiz de toda la vida.

Licenciada en Filología Árabe, vecina de Moratalaz, con mucho carácter y pocas ganas de perder el tiempo, tenía ella un método bien sencillo para conseguir clientes: la conocía todo el barrio. Era la reina del «posicionamiento geográfico». Se apostaba en la puerta de la oficina, con su pitillito en la mano, y Carmencita cómo estás, y qué frío, y qué calor, y lo que haga falta: allí estaba ella dispuesta para lo que se terciara.

La visita era en un bajo de un bloque de viviendas construido como con papel de fumar: ventanas finísimas, tabiques estrechos, habitaciones chiquitas, techo bajo; todo como de juguete, pero bien conservado. La sensación de vivir a pie de calle en la ciudad no suele ser agradable, pero en aquella casa, que daba a unos jardines aseados, se respiraba bastante bien a pesar de tener rejas por todos lados. La dueña era una mujer humilde que nos miraba con desconfianza. Había tenido alquilado el piso a unos sudamericanos que le habían dejado a deber unos cuantos meses, aunque le habían firmado un reconocimiento de deuda. No olvido la clara luz de esa mañana, lo asustada que parecía la propietaria y el respeto con el que Carmen la trataba.

Aquella fue mi primera y última visita con mi mentora, pues me dio por imposible a las primeras de cambio —no estaba ella para lidiar con novatos—, y tuvo que ser el propio bróker quien me cogiera a su cargo. Eso fue ya otro cantar. Como podrán imaginar, con la pobre burbuja inmobiliaria hecha una auténtica piltrafa, pocos candidatos a entrar en este negocio había en aquel momento, así que tuve la suerte de tenerle como profesor particular.

Tipo listo donde los haya, camino de los cuarenta, ojillos chispeantes, pura vitalidad, Iván es la única persona que conozco que ha querido ser agente inmobiliario casi desde que nació, algo completamente insólito, como pude ir comprobando después. Vestido siempre a la última moda *casual*, cuidada hasta el mínimo detalle, tiene un repertorio inagotable. En algunos viajes que he podido hacer con él he visto con mis propios ojos cómo se baja de su Porsche con fundas de trajes y pilas de cajas en equilibrio en las que transporta sus modelitos: zapatos de esos marrones de punta y/o con borlas y telas escocesas a juego con la corbata, chaquetas con hebillas de cortes inverosímiles, camisas estampadas siempre un pelín desabrochadas, pantalones con inmensos agujeros..., un sinfín de irreductibles combinaciones le otorgan un *look* tan indescriptible como original.

Por un lado me dio los cursos de formación al uso, en los que me enseñaba las cuestiones técnicas y prácticas del oficio, que no son nada del otro mundo pero hay que controlar. Valoraciones, fiscalidad, notarías, registros y demás menesteres se pueden manejar con relativa facilidad. Pero lo más difícil de aprender, y de enseñar, lo intangible, lo fui absorbiendo durante las charlas que mantuvimos mano a mano todos los viernes por la tarde los meses siguientes.

Sentados en un sofá tipo chéster —se podrán imaginar cómo era la decoración de las oficinas, a juego con sus modelitos—, pasábamos el rato muy entretenidos. Conceptos filosóficos, naturalmente muy superficiales y *amateurs* pero jugosos, se iban mezclando con las últimas tendencias del marketing, el coaching, la superación personal y el liderazgo, que siempre me habían dado cien patadas, pero que adquirían ante mí una nueva dimensión al pasar por el tamiz del bróker. Supongo que era en la combinación de temas tan diversos donde encontraba la diversión. Del «Cinturón o tirantes: los dos es de gilipollas» —ser agente inmobiliario requería una dedicación exclusiva, no se podía compaginar con otras ocupaciones— podíamos pasar al mito de la caverna de Platón —nada es lo que parece—; de una frase hecha del último *best seller* de autoayuda, tipo «Haz las paces con lo irreversible», a las enseñanzas de Montaigne sobre el arte de la conversación.

Las habilidades sociales, como él las llama —hasta tiene un curso sobre ellas, Iván es también un afamado ponente inmobiliario—, se revelaban esenciales. Mantener la boca cerrada y las orejas bien abiertas era una de las consignas básicas; hablar lo justo, una de las imprescindibles. Alguien a quien estabas intentando convencer de que te confiara la venta de su casa o que se fuera a comprar un piso se iba a acordar hasta de la última palabra que pronunciaras. Preguntar, preguntar y preguntar, interesarse por los demás, escuchar, escuchar, escuchar, no interrumpir nunca al interlocutor…; todas estas cosas que son obvias, pero que tantas veces se olvidan, se antojaban fundamentales para abrirse paso en este nuevo mundo. No era este un negocio de casas, como todo el mundo cree, sino de personas que además a menudo se encuentran en situaciones emocionales delicadas: divorcios, fallecimientos, nacimientos... Se trataba de ir construyendo relaciones personales cuyo ingrediente indispensable fuera la confianza.

Había que profundizar, ayudar a formular necesidades o deseos, muchas veces desconocidos para los propios clientes. Si con tus preguntas ayudabas a avanzar, entonces estabas haciendo un buen trabajo. «¿Qué pasa si no vendes?» Si debías aconsejar no hacerlo, pues adelante, quizás no era el mejor momento. Y lo mismo con los compradores. Nadie se queda con un piso que no le interesa por muy persuasivo que sea un comercial. «¿Qué estás buscando?» «¿Qué necesitas?» «¿Es que te interesa la vivienda?»…

Mientras iba aprendiendo la teoría empecé a informar de mi cambio de rumbo a mis contactos más cercanos. Tenía que ir situándome frente a personas de carne y hueso con las que poder ensayar. Uno de los primeros en pasar por mis inexpertas manos fue mi primo Lalo. Buscaba un apartamento para alquilar, imprescindible que tuviera garaje, porque le habían destinado a la capital para ser director comercial, o general, no sé muy bien, de una marca de coches de lujo, y tendría que usar uno, supuse. Fuimos a ver un pisito que, aparte de estar mejor en las fotos que en la realidad —enseñanza número uno: la decepción no vende nada—, ni siquiera tenía garaje. No sé, me había equivocado. A la salida nos metimos a desayunar en un bar, y me dijo el pobre, muy educado:

—A mí las cosas me tienen que entrar por los ojos…

Largas conversaciones telefónicas mientras andaba yo de un lado a otro de mi salón tuve con Chus, la madre de una amiga a la que había reformado su casa años atrás. Quería vender su piso en Gijón y volver a vivir a Madrid. Le pareció muy poco lo que le dije que valía; por lo que ella sabía, los de alrededor se estaban vendiendo mucho más caros y prefirió sentarse a esperar. No sabía yo todavía que lo que la gente cuenta de sus operaciones inmobiliarias suele estar, digamos, un poco distorsionado, no solo por el tradicional efecto «radio macuto» —por el cual los bulos van cobrando vida propia a medida que se van propagando—, sino también porque a menudo los interesados quieren alardear de lo bien que les ha salido el negocio. Fíense lo justo de los rumores inmobiliarios. En general, los vendedores tiran más bien hacia arriba, y los compradores, hacia abajo. De haberlo sabido, quizás habría podido ayudar a Chus a vender más rápido: tardó un par de años, aunque dudo de que me hubiera hecho caso, seguramente no estaba aún preparada en aquel momento.

Los padres de Nisia y de sus cuatro hermanas, unas tías mías lejanas, habían muerto ya muy viejecitos, uno justo después del otro, tras toda una vida juntos. Vivían en una casa del barrio de Argüelles porque les gustaba mucho el parque del Oeste. Estaban las cinco desmontando el piso y me fui a verlas. Iba yo dando enormes zancadas entre sombreros, libros y cientos de objetos diversos que se desparramaban por los suelos mientras ellas navegaban con extraordinaria ligereza entre los restos del naufragio. A veces hablaban de papá y mamá. «Ella era pintora —dijo una de las hermanas asomándose por la ventana de la habitación que había sido su estudio—; a él le gustaba mucho pasear.»

Preparé mi primer informe de valoración. Me llevó varios días de trabajo. No es que fuera muy complicado, pero hasta que se aprende a manejar los diversos datos cuesta. Me vi con ellas al caer la tarde en Casa Manolo, el de la calle Princesa. Una pena que no fuera a la hora del aperitivo, sus famosas croquetas siguen siendo muy buenas —solo ha habido en Madrid otras tan célebres: las de la otra Casa Manolo en la calle de Jovellanos, frente al teatro de La Zarzuela—. Por lo que pude observar, las señoras preferían merendar, pues devoraron unas cuantas torrijas mientras les contaba yo lo que valía su piso, lo que tardaría en venderlo y cómo les podía ayudar. Me esmeré en explicárselo todo de la forma más clara y me pareció que me entendían muy bien. No debí, sin embargo, transmitir excesiva confianza en aquella primera intentona. Acabaron contratando a otra inmobiliaria; me dijeron que les cobraba menos y era más conocida en el barrio.

3

Una de las frases que se usaban en casa de mis padres era la del más que estupendo arquitecto Casto Fernández-Shaw Iturralde, don Casto para la familia: «Proyecta, que algo queda». Venía a cuento cuando se hablaba de planear algo, pensarlo, visualizarlo, por el puro placer de idear, imaginar, proyectar. Que si El Mensajero Amigo en Nueva York, para hacerle encarguitos a mi hermano Mario cuando estuvo viviendo allí…, pues se hacía un logotipo, y zas, «Proyecta, que algo queda». Que si Mi Hermosa Lavandería cuando mi madre estuvo pensando en poner un negocio; que si una *Guía del Rastro*; que si una página web de esquelas… Yo qué sé, de todo. Sería por ideas.

Esta máxima me ha acompañado siempre y me sirvió de apoyo cuando hice la famosa travesía del desierto inmobiliario. Supongo que se preguntarán en qué (coño) consiste. Perdón por el vocabulario, pero no es gratuito. Es que hace poco Lola, que además de mi mujer es editora y se toma esto de la ortografía muy en serio, me dio un truco para saber cuándo (coño) se pone la tilde en «que», «cuando», «donde»… Yo siempre la ponía mal, y desde entonces no fallo ni una. Si encaja el taco, lleva tilde. Espero que les pueda servir a ustedes también.

Sigamos con la travesía del desierto. En la jerga inmobiliaria se llama así al periodo que transcurre desde que un nuevo agente empieza a trabajar hasta que se entera de cómo funciona esto, si es que llega a hacerlo. Muchos de los primerizos, la mayoría, van quedando por el camino. Las estadísticas dicen que tres de cada diez ya no siguen en ello a los seis meses. Yo no conseguí vender nada hasta ocho meses después de haber empezado a intentarlo. Ocho meses. Por eso insiste tanto Iván en que la perseverancia es una de las cualidades que ha de tener un candidato. Ya les digo que se hace bastante largo, la verdad. Pasan los días y no sabe uno muy bien en qué ocuparse. La gran dificultad está en captar clientes, y si alguien pensaba que en una agencia inmobiliaria le llueven a uno, tengo que aclararle que no es así; precisamente eso es lo que uno tiene que aportar, por lo menos en la mía. Y en este negocio, la manera más rápida y directa de encontrarlos es ponerse a prospectar.

Me figuro que también se preguntarán qué (narices también vale si prefieren no hablar mal) es eso, igual que me lo estuve preguntando yo cuando llegó por primera vez a mis oídos esa palabreja que me sonaba a buscar petróleo. Pues bien, describe, en nuestra misma jerga, la acción de agarrar el teléfono y ponerte a llamar a los particulares que se anuncian en los carteles o en los portales inmobiliarios con el objetivo de meterte en su casa y salir de allí con un contrato.

Les puedo asegurar que no es ningún camino de rosas, este de la prospección. En general hay mucho rechazo a las agencias inmobiliarias, como que no acaban de tener buena imagen. Y lo entiendo perfectamente, es un mundo un poco turbio y sin regulación ni normativa alguna. En Estados Unidos, por ejemplo, es necesaria una titulación oficial para poder ejercer, algo que aquí ni siquiera se contempla. Además, se opera en un mercado mucho más transparente. Allí cada inmueble tiene una ficha, disponible para el comprador, en la que se informa de la antigüedad de la casa, las obras que se le han hecho, las veces que se ha vendido y a qué precios, y que incluye un informe técnico sobre el estado de la edificación. En nuestro país, por el contrario, no se sabe muy bien ni lo que mide un piso. En las escrituras pone una cosa —que en teoría es lo que manda, pues es lo que refleja el registro de la propiedad—, y luego en el catastro —que es la base de datos de la hacienda pública a partir de la cual se calculan los impuestos sobre los bienes inmuebles— pone otra distinta. Y por si eso no bastara, las escrituras tan pronto hacen referencia a la superficie útil —la que se pisa, los metros de moqueta necesarios para cubrirla entera— como a la construida, es decir, con los muros incluidos. Y unas veces la construida incluye las zonas comunes de la finca —la parte proporcional que corresponde a cada piso de las escaleras, portales, etcétera— y otras no. Un lío que no hay quien se entienda.

Quizás sería bueno que cuando uno se compra una casa supiera al menos a ciencia cierta cuánto mide, ¿no les parece? Por no hablar de la confusión que hay con los precios. Idealista, el portal inmobiliario de referencia que marca en estos momentos la evolución del mercado en España, no deja de ser más que un reflejo de las ilusiones de los vendedores, que listan alegremente sus expectativas.

En fin, lo que les digo: que no es muy serio. Lo siento, pero no lo es. Es oscuro y enrevesado, está lleno de vericuetos inquietantes; seguro que si alguna vez han comprado una casa han podido comprobarlo. Y lo cierto es que las agencias no siempre ayudan. Hay que andarse con mil ojos: unas cobran al comprador, de lo que advierten en letra ultrapequeña en la hoja de visita, lo que puede suponer pagar varios miles de euros de más que no están incluidos en el precio de venta oficial. A menudo en los anuncios ni siquiera figura la dirección exacta del inmueble, las descripciones son más bien poco objetivas —¡Maravilloso piso! ¡Magnífica oportunidad! ¡Preciosa vivienda!—, y las fotos, desoladoras.

Bien es verdad que toda esta nebulosa se podía interpretar como una oportunidad —hacerlo mejor que los demás no se antojaba demasiado complicado—, pero no era fácil verlo así en aquellos inicios en los que me sentía indistintamente el rey del mambo y la más ínfima de las insignificancias varias veces en un mismo día. El caso es que te pones a llamar y es como darse cabezazos contra la pared. El «no» es la norma. Los vendedores particulares están hartos de que las agencias los frían a llamadas, pero si quería conseguir algún cliente, no tenía otra manera de proceder. Me arremangué y me puse manos a la obra. Tenía un guion que incluía los siguientes puntos, a ser posible por este orden:

– Explicar por qué llamas: he visto un cartel, un anuncio, me ha dicho el portero…

– Asegurarse de que el interlocutor es el adecuado (te podías pasar media hora hablando con la señora de la limpieza).

– Presentarse: «Soy Menganito, de la agencia tal…».

– Ofrecer ayuda para vender mejor.

– Y, por último, tratar de cerrar una cita: «¿Cuándo le viene mejor que me pase por su casa, por la mañana o por la tarde?».

Como se podrán imaginar, cada conversación, si llegaba a producirse, tomaba el rumbo que le daba la gana por mucho que uno tuviera bien presentes los pasos que debía seguir. Al final, después de mucho insistir y recolectar multitud de bofetadas más o menos dolorosas según la delicadeza con la que te despachaban, conectabas con alguien y conseguías milagrosamente el objetivo. Las estadísticas, poco esperanzadoras también en este apartado, concedían una visita por cada veinticinco llamadas, y se cumplían con extraordinaria precisión.

La primera casa en la que logré colarme estaba en Moratalaz. Tener la oficina cerca podría ser un plus, pues quizás surgía la oportunidad de decir que también iba a poner un anuncio en el escaparate de la agencia. Me ponía muy nervioso antes de estas primeras visitas, y buscaba entonces algún salvavidas al que agarrarme. Aunque todo el mundo sepa que la mayoría de los compradores llega a través de los portales inmobiliarios, tenía que intentar mostrar al cliente que contaba con recursos inaccesibles para él.

Llegué a mi cita con mucho tiempo de antelación, que aproveché para apuntar teléfonos de algunos carteles de SE VENDE a los que llamar después. El hombre que me abrió la puerta tenía un aspecto completamente distinto al que me había construido a partir de su voz, como siempre sucede. Entré en la casa; sudaba yo bastante aunque estábamos en pleno invierno. Su mujer se asomó desde la cocina para mirarme como asustada, los ojos muy abiertos, con un niño en los brazos y otro de camino. No saldría de allí. Recorrí la casa con Rufino. El salón, el cuarto de baño, los dormitorios. El escalofriante mundo de los peluches en las camas de matrimonio me aterra; en las de los niños todavía, pero en las conyugales me da pánico. Nos sentamos en el comedor. Quería vender para cambiarse de casa; evidentemente aquella se les quedaba pequeña, así que no había que indagar mucho más. Quedé en volver el día siguiente a la misma hora.

Para la segunda visita me lo preparé todo muy bien, como me habían enseñado, yo muy aplicadito, mi flamante estudio de mercado y mi pulcro informe de presentación de servicios recién salido de mi nueva impresora. Cuando terminé mi tensa exposición, Rufino me dijo que se lo pensaría y ya me diría. Me acompañó a la puerta. Estaba él a punto de cerrar cuando me incliné estirando el cuello para decirle lo del escaparate. Miraba hacia el suelo, no levantó la cabeza, nunca más volvió a cogerme el teléfono.

Otra oportunidad, en la última planta de ese mismo bloque. Había llamado a uno de los teléfonos que había apuntado. Paco estaba liadísimo —cómo me revienta la gente que siempre está *liadísima*, todos lo estamos, digo yo—, me dio largas durante varias semanas hasta que conseguí quedar con él. En principio el piso no se podía visitar, lo tenía alquilado a estudiantes por habitaciones y no se les podía molestar. Finalmente pudimos entrar con la excusa de que había que revisar una avería en la pila de la cocina y purgar los radiadores. Íbamos pasando de habitación en habitación como revisando la calefacción, y ya de paso echando un vistazo a la casa. Menudo desasosiego. Siendo el pisito de estudiantes ya de por sí un paisaje bastante áspero —sofá cama con una funda azul eléctrico sucia, muebles de cocina desconchados, un gotelé raído desolador—, comprenderán que tener que hacerme pasar por fontanero, recién disfrazado de agente inmobiliario, me superó un poco. Ni que decir tiene que de aquello no saqué ningún provecho, y que por supuesto me negué a purgar nada.

Con la que me quedé fascinado fue con María José, la dependienta de El Corte Inglés que quería vender el piso de su madre, recién fallecida. Se mezclaban en la casa unos estucos negros y dorados, una oscuridad lúgubre, el fragor de la M-30, una impresionante vista de la autopista…, de verdad, era emocionante. ¿Se imaginan? Barrio de la Concepción, en los bloques de la película de Almodóvar, de esas de las buenas que hizo al principio, aquella de «¿Te critico yo porque eres puta?», se acuerdan, ¿no? No es que me quisiera compadecer de mí mismo, sería patético, pero el título me iba que ni pintado. ¿Qué he hecho yo para merecer esto?, pensaba al salir de casa de María José aquella limpia mañana, después de la primera visita, cuando me senté a fumar un pitillo al borde de la M-30, junto al puente de Ventas, frente a la plaza de toros.

Ese paisaje de autopista siempre me ha encantado, el zumbido de la rodadura de los neumáticos sobre el asfalto tiene para mí algo solemne. No sé, me pone mucho en mi sitio, me recuerda que el mundo está siempre rodando, en continuo movimiento, y que seguirá igual cuando yo ya no esté por aquí. Es como el mar, me produce esa misma sensación de no ser casi nada, o algo muy pequeño, ínfimo, tan breve.

Cuando fui con mis informes a verla por segunda vez, ya en su ático nuevo de Las Tablas, que le había costado una fortuna, a ella también le pareció escaso el precio en que valoré su piso —a todo el mundo le ocurría lo mismo, recuerden que estábamos en 2013, en plena catástrofe inmobiliaria—. Pero me hizo mucha gracia cómo me lo dijo. «¡Que le den por el culo al mercado!», exclamó sin cortarse un pelo. Era ella la típica solterona, y tenía a su lado a la típica hermana que sabía perfectamente lo que Pepi tenía que hacer con su vida, e incluso al típico cuñado que estaba también convencido de que lo que debía hacer era vender el piso y quitarse de problemas. Pero a ella lo que dijeran el mercado, su hermana, su cuñado y, ya de paso, yo mismo *se la pelaba.*

María José tenía además tres perros pequeñajos de esos con lazos, y que encima eran padre, madre e hija, o sea, matrimonio con hija única, que para más inri había nacido con raquitismo. Y que se llamaba Raqui. Hala, para que vean cómo la realidad siempre supera a la ficción. Allí pasé de charla con ella un buen rato, a punto estuve de convencerla mientras iban pasando los perritos por sus brazos, pero no lo logré. Volví a llamarla un año después a ver qué tal le iba —el «seguimiento» es otra de las tareas más importantes de un agente—, y me dijo lo mismo: «¡Que le den por culo al mercado!». La verdad es que era muy graciosa.

Seguí prospectando, algunas veces conseguía la cita y otras no. Llegaron muchas más visitas. Me metía en las casas e inspeccionaba con atención los salones, los dormitorios y las cocinas, y me lo pasaba bien. No crean que me había convertido en un *voyeur*, era que me entretenía descubrir otro Madrid, nuevo para mí, visto ahora desde otra perspectiva mucho más íntima y personal que la que había tenido hasta entonces. Y aunque no estaba consiguiendo que me contrataran, de momento sí que me daba la sensación de ir avanzando. Había pasado del arquitectónico «Proyecta, que algo queda» a su versión inmobiliaria: «Prospecta, que algo queda».

4

Estaba muy bien lo de conocer las casas por dentro, y las charlitas con los clientes, atender a sus necesidades personales, escuchar y demás, las tardes con Iván seguían siendo divertidas,
pero iban pasando los meses y todo este asunto no llegaba a
tener ningún sentido si no vendía. Urgía actuar de otra manera. Si otros a mi alrededor lo conseguían, por qué no iba a ser
yo capaz. Ingenuo de mí, pensé en una estrategia comercial:
especializarme en casas de buenos arquitectos.

La verdad es que ahora que lo pienso fue una completa estupidez. Ya sabía yo de sobra que la buena arquitectura no vende
nada, y menos aún en Madrid. En Barcelona todavía hay un
poco más de cultura urbana, se interesan por el diseño y esas
cosas, pero Madrid es un páramo en ese aspecto. No lo digo
como algo malo, sencillamente creo que es así; el feísmo forma
parte esencial del irresistible encanto de mi ciudad. No hay más
que echar un rápido vistazo a su mobiliario urbano, o fijarse
en los edificios, las tipografías de los nombres de las calles:
reina un completo desorden visual. Con decir que su símbolo
más reconocible, si es que esta maravillosa aglomeración tiene

alguno, es el pastelazo de Correos en la plaza de Cibeles, hoy sede del Ayuntamiento, se dice todo. Pero edificios residenciales de calidad había muchos y siempre me había interesado por ellos, así que eso fue lo que se me ocurrió. Supuestamente hay que tener una línea de negocio, una estrategia comercial y tal, y yo elegí esta. Me hice ilusiones pensando que los vendedores se sentirían mejor atendidos por un arquitecto que valorara lo que ellos mismos habían elegido. A los compradores podría explicarles mejor que nadie las ventajas de vivir en una *buena* casa, y además las visitas podrían ser para mí también más divertidas. Todo eran ventajas, muy felices me las prometía.

Mi primer intento fue con un piso que llevaba bastante tiempo en venta en mi querida Casa de las Flores. La conozco bien porque viví toda mi infancia en el barrio de Moncloa. Más tarde la investigué a fondo para publicar un artículo en la sección «Arquitectura y Ciudad» que mantuve en el periódico *El Mundo.*

Resultaba que el poeta Rafael Alberti había ejercido de agente inmobiliario en ella. Bueno, más o menos. Cuando su amigo el también poeta Ricardo Eliécer Neftalí Reyes Basoalto, más conocido como Pablo Neruda, fue nombrado cónsul de Chile en Madrid —corría el año 1935—, Alberti le recomendó que se instalase en un edificio recién inaugurado, allá por el Ensanche por el que se extendía la ciudad. Años después, Neruda la describía así, recordando cómo era antes de que fuera bombardeada durante la Guerra Civil:

Mi casa era llamada
la casa de las flores, porque por todas partes
estallaban geranios: era
una bella casa
con perros y chiquillos.
[...]
te acuerdas de mi casa con balcones en donde
la luz de junio ahogaba flores en tu boca?

En un primer momento me pareció que con ese hilo podría enhebrarla con la propietaria. Podría decirle algo así: «Ya sé que no es muy habitual mezclar los versos con los metros cuadrados, aunque a veces pasa», pero afortunadamente reconsideré a tiempo mi estrategia —se trataba de intentar que la dueña sospechase que yo podría venderla mejor que ella—, y opté por centrarme en el valor arquitectónico del edificio.

La Casa de las Flores fue un ambicioso proyecto urbano realizado durante la década de 1930 por el arquitecto Secundino Zuazo. Influido por las experiencias centroeuropeas, que intentaban dotar a las nuevas ciudades de mejores y más higiénicos alojamientos, Zuazo quiso dar una solución distinta al encargo de construir este edificio de viviendas. Así, mientras que los bloques *normales* guardaban las apariencias ocultando la ropa tendida en angostos patios de luces, la Casa de las Flores respiraría aire por los cuatros costados. Para ello la dividió en dos bloques paralelos, transformando el interior de la manzana en una auténtica calle ajardinada. Y así, orgullosa de sus tersos paños de ladrillo, de sus solemnes portales, de las finas barandillas de sus balcones, de los singulares herrajes que permiten a sus ligeras persianas verdes quedar entreabiertas, sigue luciendo hoy en día.

Pero todo esto le importaba un pimiento a la señora. A ella, que estuviera protegida le parecía más bien un incordio. No tuve más remedio que darme por vencido después de que me contestara que no le habían dejado cambiar aquellas viejas carpinterías de madera por unas nuevas de aluminio.

—Seguro que sabe usted que fue declarada Monumento Nacional en 1981 —tuve apenas ocasión de decirle antes de que me colgara el teléfono.

En el que sí conseguí colarme fue en un pisazo de un edificio del arquitecto Francisco de Asís Cabrero, otro de mis preferidos, en la calle de los Reyes Magos. Son unos dúplex apilados, como unos chalés flotantes, que consiguen dar una sensación de lujo con muy pocos medios, pero extraordinariamente bien dispuestos. Una arquitectura sin un solo gesto, de una sobriedad casi monástica, a veces un tanto acongojante, pero emocionante y sobrecogedora. Surrealista, en el buen sentido de la palabra, es decir, casi irreal de puro concreto, y no en el que se le suele dar de raro o poco habitual.

Además, el nombre de la calle me daba muy buena onda. En casa siempre se han celebrado por todo lo alto los Reyes Magos. Les seguimos preparando su roscón y su botellita de champán, y por la mañana sin falta están en el salón los regalos rodeados de globos, confetis y serpentinas. Nunca fallan. De pequeño me dejaban unos regalos magníficos. El año de la mesa de ping-pong reglamentaria fue glorioso, pero lo mejor de todo fue cuando a mi hermano Mario y a mí nos trajeron un *pinball* de los de verdad, uno de esos aparatos llenos de luces que hacen un ruido ensordecedor, con una bola de acero con la que tienes que abatir las dianas. Lo habíamos pedido ya un año pero nos habían traído uno de juguete y fue una gran decepción —si había inmensas alegrías, tenía que haber también algunas tristezas—. Al siguiente, los Reyes enmendaron el error. En la carta pusimos claramente «como los de los bares», y no hubo pérdida. ¡Qué tíos! ¿Cómo lo subirían hasta casa? No hay nada como creer en algo para que sea real.

La casa de la calle de los Reyes Magos conservaba solamente unos pocos muebles: una cuna junto a una cama de matrimonio en la habitación principal y unos sillones en el salón, en los que me senté a hablar con Susana. Ninguno de sus cuatro hijos podía quedársela. «Sin hipoteca ni deudas», repetía todo el rato, como para dejarme claro que no tenía prisa ni necesitaba vender.

Barrio del Niño Jesús, gente de clase media adinerada, las plazas de garaje eran rotatorias, pues eran muy pequeñas, supongo que no cabrían los todoterrenos de ciudad que se llevan ahora. ¡Cómo me revientan esos coches tan agresivos! Al final, después de la segunda visita con sus correspondientes informes, pues nada: que los hijos no querían vender si no era a un precio desorbitado —un poco más arriba vendían otro igual por doscientos mil euros menos— y que los de las agencias cobrábamos mucho. Ya hablaríamos si acaso.

Se podrán imaginar sin muchas dificultades lo contento que me puse cuando conseguí por fin mi primer contrato en un piso de Torres Blancas, el emblemático edificio que se yergue en la salida de Madrid por la avenida de América. Mientras iba para allá en el metro de camino a la segunda visita con mis informes debajo del brazo, me había convencido de tal forma a mí mismo —era lo mejor para él; además, *yo* era arquitecto e iba a saber contar la casa mejor que nadie, iba a poner en valor su propiedad como ningún otro agente inmobiliario lo haría— que a Mariano no le quedó más remedio que firmar. Lo único que me faltó fue cogerle por la solapa y suspenderle en el aire, abusando de mi gran estatura, que Iván ya consideró desde nuestra primera entrevista una gran ventaja, aunque no para intimidar a los clientes, naturalmente.

Me hice un selfi en el portal con el contrato en la mano para mandárselo a Lola y al bróker. Aún lo conservo, el selfi, «una selfis», como decimos en casa. Por fin había cerrado mi primer contrato, y además prospectando, es decir, con alguien a quien no conocía de nada, ¡y encima en Torres Blancas!

A partir de ahí tendrían que haber empezado las otras visitas, las de los potenciales compradores al flamante piso. Era yo ahora el que tenía algo que interesaba a los demás. Me pasearía por ese edificio, único y disparatado, del arquitecto Sáenz de Oíza, su portal cavernario, esas escaleras con el pasamanos de cuero rojo que recorren unas interminables ristras de globos de luz… Imagínense, todo un logro. Pero debía de estar algo caro, porque no me llamaba nadie, así que después de un par de meses sin una sola visita, organicé un *open house*.

Quizás hayan estado alguna vez en un evento inmobiliario de ese tipo. A lo mejor lo han visto en alguna película americana. Se invita a potenciales compradores —todo vale: amigos, conocidos, familia, vecinos…— a que vayan a conocer la casa. Hay que ofrecer algún tipo de ágape para que la gente se anime, se suele decorar el inmueble con globitos y guirnaldas, aunque en una finca de tan excelsa arquitectura ni se me pasó por la cabeza hacerlo.

A mi *open house* no fueron más que mis amigos arquitectos y algunos agentes de mi oficina con el bróker para hacer bulto. Mariano se dio cuenta perfectamente de que la asistencia de posibles compradores fue nula. Al final, el piso de Torres Blancas no logré venderlo —se me adelantó otra inmobiliaria, la llegada a la notaría se me seguía resistiendo—, pero siempre quedará en mi memoria como uno de mis primeros triunfos inmobiliarios.

Pronto abandoné esta estrategia de la buena arquitectura. Hay muy poca gente que la aprecie, y, entre la que sí lo hace, escasísima es la que además tenga dinero para gastárselo en ella. Como les decía, la calidad arquitectónica se interpreta antes como una limitación que como una virtud. Enseguida me empezaron a salir otras oportunidades y abandoné esta idea tan romántica como poco rentable. No se trataba de que me gustara a mí lo que vendiera, sino de encontrar la horma de cada zapato.

5

No saben la rabia que me dio de pequeño no elegir Coca-Cola cuando me hicieron el reto de Pepsi. Tenía una fe ciega en que me gustaba mil veces más, y de hecho la sigo teniendo. Habían colocado un puesto con una promoción en la esquina de debajo de casa. Bajé corriendo a la calle, era un soleado sábado por la mañana, me precipité sobre las señoritas que amablemente ofrecían en dos idénticos vasos de plástico blanco sendos refrescos de cola, y elegí Pepsi. Fue un duro golpe, un chasco inolvidable.

Ahora ya podría tener el terreno despejado para contarles que ese trauma infantil ha sido determinante en mi vida, que me produjo muchas inseguridades difíciles de superar, incluso que en las encrucijadas, en los momentos importantes —ya saben, cinturón o tirantes…— vuelve de forma recurrente a mi cabeza esa errada elección, y me entran las dudas, pero no lo voy a hacer. Todo eso de los traumas infantiles y de estar buscando siempre explicaciones a las cosas me parece sencillamente un rollazo.

Prefiero decirles que no tengo demasiada fe en nada, en general, salvo en asuntos bastante triviales como este de la Coca-

Cola, o en la inmortalidad de los Rolling Stones, cuyas posibilidades de permanecer indemne son cada vez más reducidas. Por lo demás, no tengo dioses ni supersticiones en los que refugiarme, ni necesidad alguna de contar con una vida posterior. Con esta me basta.

Sin embargo, para convertirme en agente inmobiliario sí que necesité hacer algunos actos de fe. Había cuestiones, bastantes, que no entendía, o que no me gustaban, pero que no tuve más remedio que poner en práctica. Si alguien que llevaba ya mucho tiempo en este negocio —mi bróker— me decía que las cosas se hacían de una determinada manera, pues me tenía que fiar. Parece sencillo, pero no lo es tanto. Nunca he estado bien dispuesto a hacer algo sin entenderlo, pero no tenía tiempo de ponerme a dudar. Mi cuñado, Pedro, que además es mi fotógrafo, llegó a advertirme que me había metido en una secta.

Sería un poco farragoso explicar aquellos misterios para mí indescifrables —procedimientos técnicos en los que prefiero no extenderme—. Lo que sí se me atragantó fue lo de poner mi foto en la tarjeta. Me daba un pudor tremendo. No he visto en mi vida una sonrisa más forzada. Y luego las propias tarjetas, que eran espantosas, con un primer plano inmenso, lo más grande que cabía; en fin, un mal trago horrible. Ahora ya me he acostumbrado, y la suelto sin pestañear. Bien es verdad que me diseñé yo otras con las que me sentía más cómodo, y que, además, Pedro me hizo un retrato estupendo.

A quien no me atreví en aquel momento a entregarle mi tarjeta fue a un ángel de la guarda que apareció de repente. Tampoco había tenido nunca demasiada confianza en esa leyenda de la que me hablaban de pequeño, pero se personó. Periodista ya jubilado e hijo de periodista, pin de la CGT en el forro polar, coleta blanca de poco pelo, desde el primer instante conectamos a las mil maravillas. Ángel se llamaba, además. Me lo mandaban los Lucendo, unos amigos de esos que están siempre muy cerca, muy encima, al tanto siempre de todo, incluido mi nuevo oficio, por supuesto.

—Yo quiero un café bombón, ¿tú qué tomas? —me preguntó en el bar de abajo del bloque de la Ciudad de los Periodistas en el que habíamos quedado.

—Lo mismo para mí —contesté; el primer cortado con leche condensada que iba a tomarme en mi vida, una bomba.

Subimos a la casa, impecable, viejecita pero como recién lavada. Llevaba más de un año vaciándola con su mujer, sus amigos habían estado ayudándolos, ya por fin habían terminado. Solo les quedaba acuchillar y barnizar el parqué, lo habían hecho todo ellos. Aunque estaba para reformarla entera, Ángel quería entregarla limpia y aseada, una cuestión de dignidad: era la casa de sus padres.

La siguiente vez que nos vimos fue ya en la oficina. Le había dado mal las indicaciones para llegar y se perdió. Apareció después de dar mil vueltas en su Seat Ibiza por Moratalaz, mientras yo le esperaba en la puerta. «Vamos a tomar un café», me dijo al llegar. Buscamos un bar, y antes de entrar ya sentenció: «Esto no es un bar, aquí no tienen leche condensada, te lo aseguro». Acertó.

Una vez nos sentamos en el despacho —valoración y presentación de servicios, yo todo muy ordenadito—, le pareció aquello más que perfecto, y firmó el contrato en el acto. Así de fácil, lo tenía clarísimo. Me dijo que le interesaba ir de la mano de alguien que supiera del tema, que RE/MAX era una garantía, en fin, como si me lo estuviera vendiendo él a mí. Conocía de sobra el mercado, sabía el precio en el que debíamos salir, el asunto parecía no tener secretos para él, tanto que me dio la sensación de que me contrataba porque le había caído bien, o como para apoyarme, a mí, que no me conocía de nada.

Nos fuimos juntos en su coche a hacer unas fotocopias de las escrituras, la máquina de la oficina se había estropeado. Noche cerrada, invernal, medio lluviosa, visibilidad escasa, nos perdimos de nuevo. Al terminar nos tomamos una caña en otro bar de enfrente, ya no era hora de café.

Esas torres tan altas de la Ciudad de los Periodistas, que siempre me habían parecido espantosas —hasta entonces solo las conocía por fuera—, resultaron ser sin embargo magníficas por dentro. Casas muy bien hechas, pensadas, iluminadas y ventiladas, con amplios espacios a varias orientaciones. Los portales eran también bonitos, elegantemente decorados con unos murales muy setenteros. Y además la de Ángel estaba en una planta bastante alta, con muy buenas vistas. En cuanto la puse en venta pude comprobar que en efecto estaban muy cotizadas. Tanto que la vendí en la primera visita, y al precio fijado. La compraron dos funcionarios del Ayuntamiento que llevaban tiempo esperando a que saliera una en ese bloque a un precio razonable.

No me gusta mucho vender muy rápido, ya que suelen quedarse los propietarios con la sensación de que se habría podido sacar más, pero aunque no lo parezca las mejores ventas se hacen en las primeras semanas. Si sacas un piso un pelín por encima de su precio, los compradores que están pendientes de las novedades y conocen el mercado se van a interesar por él, pensarán que si les interesa a ellos, posiblemente también a otros, y pueden acabar pagando incluso algo más de su precio justo para no perderlo. Es algo que siempre dice Iván: ante la pérdida es cuando nos movilizamos con mayor decisión. En cambio, si sales fuera de precio, los compradores esperarán a que bajes, y ya no estarás bien posicionado. No es una estrategia acertada.

Ángel me hizo anunciar la buena nueva en una fiestecilla que había organizado con sus amigos para agradecerles su ayuda. Nos sacamos una foto todos juntos con el cartel de SE VENDE, que es uno de mis fetiches. Después he hecho negocios con casi todos los que salen en ella; con Ángel me une desde entonces una fructífera amistad. Hablamos con frecuencia, nos vemos de vez en cuando. Él viaja mucho, porque su hija es azafata de Iberia: se mete en un avión en el que haya plazas, se va a Nueva York, se da una vuelta por la Gran Manzana y se vuelve del tirón en el vuelo siguiente. Vive en una casa en un pueblo de Segovia, que se le quemó entera, y me contó todas sus batallas con el seguro. Estuvo a tortas durante unos cuantos meses para que lo indemnizaran.

¿Y qué más? Pues nada especial, otra vida que me acompaña. Y lo que les decía, fue como si hubiera pasado un ángel de la guarda. Aunque no creas en ellos, a veces pasan.

6

Después del tremendo alboroto que se montó una Nochebuena de esas en las que nos reuníamos toda la familia, mi primo Álvaro me dijo que cuando le pasaba algo realmente importante —y aquella batalla campal lo había sido— pensaba más en cómo lo iba a contar que en lo que le estaba ocurriendo, y el tío ha llegado a ser director de cine y todo, y ha hecho bastantes películas. Debíamos de tener siete u ocho años cuando mantuvimos aquella animada conversación.

En aquel momento no le entendí muy bien. La vida pasaba sin más, y desde luego no para contársela a nadie. Eso sí, me he esforzado siempre por dejar que los recuerdos se me fueran almacenando en la cabeza de forma espontánea. No me gustan demasiado, por ejemplo, las fotografías, porque me da la sensación de que alteran la ordenación natural de mi memoria, de que me la roban un poco. Mimo mucho mis recuerdos *verdaderos*, son para mí auténticos tesoros.

Lo que sí me ha gustado mucho siempre es escribir. Ya sé que es un tópico, tanta gente lleva a rastras un libro dentro, no sé, es como ese dicho absurdo de que hay que escribir un libro, plantar un árbol y tener un hijo. Siempre que le decía a alguien cuánto me gustaba escribir (ya no lo hago nunca) y me contestaba que a él (o ella) también, me daba una rabia horrible, porque yo creía que a mí me gustaba *de verdad*, y que no podía ser que a tanta gente le gustara tanto también.

En fin, lo cierto es que de niño tuve un pequeño éxito literario, y único de momento, con una redacción que nos encargaron para unas navidades en el colegio. Debíamos escribir algo que nos hubiera pasado durante las vacaciones. Elegí un incidente que me ocurrió cuando me operaron de la rodilla. Arrastraba un defecto de crecimiento, algo iba mal con un cartílago que me tenían que limar —«osteocondritis disecante» se llamaba la imperfección—. Si me estaba mucho rato quieto, durante un largo viaje en coche por ejemplo, me dolía un montón. Una cicatriz como de haber luchado con un tigre de Bengala en una selva tropical me recorre la articulación izquierda desde entonces.

Mi madre había tenido el detalle de planear la operación para después de que vinieran los Reyes Magos y así dejarme disfrutar de las vacaciones, lo cual sentó fatal en la escuela, aunque a mí me vino estupendamente. A Belén —siempre la llamo así cuando me refiero a ella, cuando me dirijo a ella es mamá— no le gustaba nada el colegio, lo veía como algo horrible por lo que no había más remedio que pasar. Si por ella hubiera sido, creo que nos habría educado en casa, en plan antisistema. Siempre ha sentido que vivimos en un mundo un poco feo del cual nos ha querido proteger.

En esa redacción contaba cómo Gonzalo —mi padre siempre quiso que Mario y yo lo llamáramos así— se había quedado una noche a dormir conmigo en el hospital, y en plena madrugada se cayó de la cama estrepitosamente y, como no usaba pijama, se quedó en calzoncillos en medio de la habitación. Ya ven, con esa historia tan tonta saqué una notaza. La profesora se partía de risa cuando me la entregó.

Mi afición por la escritura no volvió a manifestarse hasta muchos años después, ya acabada la carrera de arquitectura, cuando inicié mi actividad periodística. Luego, cuando surgió la nueva era de internet, abrí varios blogs —en los diarios los encargos a los colaboradores pasaron a mejor vida por falta de presupuesto—. En la época en que me quedé sin trabajo traté de hacerme un hueco en diversas áreas relacionadas con la ciudad y el territorio, desde las consecuencias de la llegada del tren de alta velocidad al levante almeriense hasta la *smart city*, apoyándome en mis bitácoras. Se figurarán que fue en vano.

Así que a nadie podrá extrañar que cuando tuve necesidad de dar a conocer mi nuevo oficio de agente inmobiliario entre mis conocidos, en lugar de enviar, por ejemplo, una *newsletter* replicando un post sobre decoración —«Veinticinco consejos para acertar con las cortinas» o «De garaje a loft urbano»—, un gráfico sobre la evolución del mercado inmobiliario en el último trimestre, o una imagen del departamento de marketing de RE/MAX en la que dos jubilados sonríen junto al eslogan «Sueña con los ojos abiertos», lo que me salió, les decía, fue ponerme a contar en un blog lo que me estaba pasando y lo que estaba intentando hacer, y mandárselo a mis amigos, familiares y antiguos clientes, es decir, a todos mis conocidos. Vamos, que lo que me salió fue ponerme a escribir.

Lo más curioso es que funcionó. Quiero decir que a los destinatarios no pareció importarles demasiado que les mandara una primera historia, y yo diría que se enteraron bastante bien de lo que quería transmitirles, así que seguí. Sin darme mucha cuenta, había encontrado una vía para comunicarme con lo que se llama en el mundo de la mercadotecnia la «base de datos». En fin, que no les voy a dar más la tabarra con esto. Solo quería decirles que si he conseguido convertirme en agente inmobiliario ha sido, en parte, gracias a esta vocación tan temprana, porque descubrí una manera, la mía, de informar a mis posibles clientes. Y como todo el mundo puede necesitar ayuda para un asunto inmobiliario en alguna ocasión, o conoce a alguien que la necesite, pues empezaron las recomendaciones. ¿Quieres vender tu casa? Ah, pues yo conozco a un tipo que seguro que te lo resuelve fenomenal, llámale de mi parte... En el argot inmobiliario se llama «referido», y es oro puro, como se podrán imaginar. En lugar de tener que prospectar, construyendo una relación con un cliente desde el principio, que debe de ser casi más difícil que ligar con una desconocida en un bar, salías desde el minuto cero con la confianza ganada. Así que pronto, muy pronto, comenzarían a funcionar mucho mejor las cosas y, lo más importante, iba a poder abandonar ya para siempre las gélidas sesiones de llamadas en frío.

Mi primo Álvaro no llegó a hacer ninguna película sobre aquella Nochebuena de mediados de los setenta, así que ya se lo cuento yo ahora. Empezaron los hermanos a hablar de política y se calentó el ambiente. Entre los nueve, con sus correspondientes esposas, había de todo, desde lo más facha hasta lo más rojo. Y aquella noche llegaron a las manos. Según me contaron —yo no entendía nada entonces de los asuntos de los mayores—, la discusión subió de tono cuando a mi padre le dio por tomarle el pelo a su hermano Carlos, anfitrión de la velada en su lujosa casa de La Moraleja. Era él un exitoso hombre de negocios y acababa de montar una franquicia de dónuts en España, Winchell's se llamaba. Y Gonzalo le dijo que lo que tenía que hacer era dejarse de tonterías y montar un negocio un poco más español: El Churro López.

Asistí al espectáculo escondido bajo las faldas de mi madre, que se había protegido tras un aparador en una esquina del salón. La única imagen que pude atrapar fue la de una de mis tías corriendo detrás de otra agarrándole de los pelos como una posesa; alrededor, los hermanos se liaban a puñetazos; por encima del abuelo Mario, el notario, que se había quedado hundido entre los módulos de un sofá, volaban vasos y botellas. Fue como de película del Oeste. Recordaré siempre a mi padre arrodillado ante el suyo pidiéndole perdón desconsolado, una vez que se calmaron los ánimos.

7

Cuando mi hijo Diego apenas empezaba a hablar, cogía dos piedras en el parque, daba unos golpecitos con ellas y nos entregaba una diciéndonos: «Toma, una visita». Nos dejaba fascinados.

Algo similar, supongo, debía de pasarles a mis padres cuando volvía yo del colegio a una edad parecida y, según me han contado tantas veces, me preguntaban qué había hecho. «Pues la señorita ponía algo en la pizarra y nosotros teníamos que decir: "Sí, sí, ya lo veo"». Como comprenderán, esa frase quedó incrustada en la familia, y se sigue usando continuamente para las más variadas situaciones. «Sí, sí, ya lo veo»…

Al hilo de las piedrecitas de Diego, déjenme que les cuente una anécdota de mis visitas. Fue en un piso muy elegante de la calle del Profesor Waksman, de Madrid, en el que vivía también un perrito muy mono. Estaba yo revisando la casa antes de que llegaran los posibles compradores —siempre hay que preparar las visitas, encender las luces si es necesario, ventilar— y de repente, al entrar en el dormitorio principal, me encontré con una magnífica caca en medio de la habitación. ¡Imagínense! Yo allí con mi traje, de punta en blanco, limpiando a toda pastilla la moqueta antes de que llegaran los clientes. Claramente, el perro no quería vender el piso.

En la época en que me estaba haciendo a la idea de que a lo mejor me iba a convertir en agente inmobiliario, una de las cosas que más pánico me daban eran los plantones. A menudo me imaginaba esperando en un portal, desesperado. Me produce una rabia horrible que me den plantón, la verdad, como a todo el mundo, imagino, y no sé por qué tenía la idea en la cabeza de que a los agentes inmobiliarios les daban unos plantones de aúpa. Ya sé que es una tontería, pero bueno, ahora, años después de haber empezado a trabajar en esto, y de haber hecho cientos de visitas, les puedo decir que como mucho me han dado dos o tres. Y que además no me los he tomado tan mal.

El caso es que llevaba yo unos ocho meses dando palos de ciego cuando de pronto, casi de un día para otro, empecé a firmar contratos. Fue como un clic indefinible pero muy concreto a la vez. Quizás fuera gracias a mi primera venta, es posible que el blog me ayudara a ordenar las ideas, no estoy seguro, nunca hay una sola causa por la que ocurren las cosas, siempre lo hacen por combinaciones de múltiples motivos. Qué más da. Lo que sí encontré fueron los argumentos para superar lo que supone para todo agente inmobiliario la gran dificultad técnica.

El negocio no estaba en vender pisos, como podía parecer así a primera vista, sino en tener pisos para vender. Para llegar a los compradores hay que tener algo que ofrecerles. Y cuanto más estrecha sea la relación con los propietarios, cuanto mayor sea la confianza entre el agente inmobiliario y el cliente, mejor. La fórmula óptima, casi diría que la única aceptable —al menos para mí lo es—, para afianzar esa relación es «la exclusiva», aunque sea la más difícil de obtener. No hay otra, de verdad, créanme. No sé por qué, pero la gente le tiene pánico a la palabra «exclusiva», y una extraordinaria reticencia a concederla. Suena a guasa, pero se trataba de convencerse a uno mismo de lo que dice la canción de Loquillo: «Has tenido suerte de llegarme a conocer». Me voy a dedicar en cuerpo y alma a vender lo mejor posible tu casa, pero me la tienes que dar a mí solo. Cuando interioricé por fin que era lo más conveniente para las dos partes, pude transmitirlo mucho mejor a mis clientes, y comencé a firmar contratos como churros. Bueno, tampoco tanto, pero sí los suficientes para empezar a estar bastante ocupado.

Respecto a la intendencia, aparte del teléfono, instrumento básico y fundamental —te tiene que gustar mucho hablar por teléfono para ser agente inmobiliario—, no necesité grandes inversiones. El único equipo necesario fue un buen bolígrafo Parker para ofrecer a los clientes en las firmas, y una carpeta negra de cuero con mi nombre y mis datos de contacto grabados que me regaló Belén, junto a una buena caja para guardar las llaves de las propiedades. Al final acabas teniendo un considerable número de juegos, que hay que etiquetar muy bien. Yo les pongo siempre el nombre del cliente y no la dirección de la casa; si me entran a robar un día sería una catástrofe dejar semejante alijo en manos de los cacos.

Lo que sí tuve que hacer fue empezar a gestionar bien mi tiempo, pues se me llenó la agenda de visitas de compradores.

Jamás había necesitado una, para las pocas citas que tenía antes me bastaba con mi memoria. Conseguí sincronizar el calendario en ordenador y teléfono para organizarme. Hay pisos que vendes a la primera, pero con otros puedes hacer decenas de visitas, y si llevas varios a la vez se lía mucho la jornada. El número máximo de propiedades que se puede atender sin volverse uno loco es de entre diez y quince, no más.

Otro asunto que tener en cuenta fue la ordenación de los contactos. Para identificar sus números les puse de apellido parte del nombre de la calle en que se encontraba el piso por el que se interesaban, con el número del portal a continuación: Virginia ALC145 (Alcalá, 145), Maribel SB112 (San Bernardo, 112)… Tengo ahora cientos y cientos, muchos de los cuales, la mayoría, fueron flor de un día, pero de repente con uno de ellos vuelves a hablar, quiere ver de nuevo el piso con sus padres o con su reformista o con su novio o novia, termina haciendo una oferta, y al final acabas en la notaría. Eso en las visitas se ve mucho. Si empiezan a colocar los muebles —«Aquí, en este hueco, nos cabe la cómoda de la entrada», «Este dormitorio es algo estrecho pero nos puede entrar la cama»—, si sacan el metro y se ponen a medir, a mirar detalles concretos, entonces es que todo va bien. Al final este trabajo tiene algo de Celestina: hay una propiedad disponible y toca buscarle novio. Y nunca se sabe cuándo puede sonar la flauta.

Ya que estoy, quería contarles también una curiosidad que descubrí cuando empecé a trabajar con esa casa de la calle del Profesor Waksman. Siempre me había sonado bien ese nombre, y como cuando se reciben visitas puede resultar útil tener algo de que hablar para rellenar algún silencio incómodo, investigué un poco. Resulta que el profesor Selman Abraham Waksman obtuvo el Premio Nobel en 1952 por el descubrimiento de la estreptomicina, el segundo antibiótico útil para la humanidad, pero se demostró años después que le había robado el hallazgo a un alumno suyo, el muy mezquino. A pesar de ello, nunca le retiraron el galardón, como tampoco se borró su nombre del nomenclátor madrileño. Su calle se cruza con la de quien sí fue el auténtico descubridor del primer antibiótico, la penicilina: el doctor Alexander Fleming. Forman una buena esquina esos dos premios Nobel, el impostor y el auténtico, me dije, como la de Velázquez con Goya, que «vaya cuadro», como decía Gonzalo. En fin, que la calle del Profesor Waksman tenía que haber sido para su alumno Albert Schatz, quien quedó en la sombra para siempre, al menos en este barrio.

Como no tuve oportunidad finalmente de aprovechar mi investigación y sacar el asunto Waksman con ninguno de los posibles compradores que recibí, al menos se lo cuento a ustedes.

8

Poco podía yo imaginar que lo que estaba aprendiendo me iba a servir para ayudar a Belén. Se había quedado sola en su maravillosa casa en medio del campo hacía ya unos cuantos años. En pocos meses un cáncer de los malos había acabado con la vida de Gonzalo, truncando ese paraíso terrenal. Tan doloroso fue todo, tan tristes aquellos meses, tan desoladores aquellos días… Quien no haya pasado por eso no puede hacerse una idea de lo duro que resulta un final tan inesperado. De allí salió el pobre en ambulancia camino de Madrid. Fue su último viaje.

Mis padres habían conocido Mojácar, un pueblo de origen árabe situado en la costa de Almería, a finales de la década de los setenta, cuando fuimos a pasar una Semana Santa. Tiempo después volvimos un verano, y acabaron mudándose. Estaban entonces en sus cuarenta y tantos años, un tanto aburridos ya de la ciudad. Sus amigos de siempre se habían desperdigado, apenas salían, y encontraron, junto al Mediterráneo y esa tierra semidesértica de insólita belleza una buena pandilla de personajes muy peculiares, como uno de los atracadores del tren de Glasgow, que había escondido su botín para recuperarlo al salir de la cárcel y montado un chiringuito en la playa; un chino casado con una alemana que contaba las historias más extraordinarias con una gracia bárbara, o un rico heredero norteamericano que había llegado hasta allí para hacer un reportaje sobre la famosa bomba atómica de Palomares y se quedó toda la vida.

Gonzalo y Belén vendieron su casa de Madrid y se compraron un cortijo viejo, que rehabilitaron. Situado dentro de un valle perdido al pie de la sierra Cabrera con unas espléndidas vistas al mar, era su patio particular y a buen seguro uno de los lugares más bonitos de la tierra, de esos por los que nunca pasa nadie y no se ve desde ningún sitio. El sur de Levante, el norte de Andalucía. El sol del otoño, del invierno y de la primavera lo acariciaban con una suavidad de cuento de hadas; el del verano convertía la oscuridad de la casa en una bendición. Tenía además agua, que manaba de unas minas —seguramente de origen árabe, o al menos eso decía Gonzalo—, llenaba una alberca rodeada de palmeras y regaba los naranjos con los que ellos mismos fueron repoblando los bancales, con el inevitable manual *El horticultor autosuficiente* en mano.

Tuvieron que pasar muchos años desde aquella dolorosa pérdida para que Belén empezase a reaccionar. Se quedó completamente atrapada en su pasado, rodeada de sus libros y sus muebles, allí donde Gonzalo y ella habían compartido una sola vida. Se habían conocido de niños, mis dos futuras abuelas eran amigas y vecinas en el barrio de Salamanca de la posguerra. Se habían casado muy jovencitos, ella con diecinueve años y él con veinte. Como hasta los veintiuno no llegaba entonces la mayoría de edad, tuvieron que pedir permiso a sus padres.

A la triste pérdida vino a sumarse la funesta crisis económica. Sin un duro, sobreviviendo con lo mínimo, el cortijo se iba viniendo abajo. Lo pusimos a la venta, aunque a un precio de esos que asustaban a cualquiera. Pasaban los meses y no había ningún avance. Mientras tanto, Belén fue perdiendo la noción del tiempo. No sabía ya muy bien ni en qué mes vivía. Iba yo a verla desde Madrid cuando tenía ocasión, y me volvía sin poder hacer nada. Necesitábamos ayuda. Había que encontrar una salida, o al menos una vía de escape que nos permitiera situarnos de otra forma.

La oportunidad surgió de repente y de nuevo en el lugar más inesperado. El taller mecánico al que ella llevaba el coche a arreglar tenía un bar, por llamarlo de alguna manera. Era una caseta prefabricada, fuera de la nave de reparaciones, rodeada de neumáticos usados y chatarras diversas, como un paisaje de *Mad Max*: el último lugar del mundo en que uno podría imaginar que su madre acabara trabajando.

Un día que había ido a llevar el coche a arreglar se había enterado de que la cantina se quedaba libre, el matrimonio que lo llevaba dejaba el local. Había que pagar un pequeño traspaso por una cafetera que se caía a cachos, un pequeño hornillo y cuatro cosas más, todas ellas cochambrosas. No sé cómo se le ocurrió aquel disparate, pero el caso es que un día me preguntó qué me parecía, le dije que muy bien; se lo pensó un poco, no mucho, y se hizo con el negocio, por llamarlo también de alguna manera.

Ni que decir tiene que aquello fue un desastre económico total. Belén, que tuvo que darse de alta en la Seguridad Social por primera vez en su vida, en lugar de comprar en Mercadona los paquetes cutres de salchichas que servían los dueños anteriores, se iba a su supercarnicero de siempre y compraba un género de aúpa. Como si fuera para casa, vamos. Les hacía a los curritos del taller unos bocatas con tomate recién rallado de escándalo, con un aceite de oliva que uno de los mecánicos le llevaba de su propia cosecha, los huevos también eran de las gallinas de un hortelano, y con unas patatas de una huerta vecina hacía unas tortillas en el momento, así, chiquititas, que eran de mareo. Como ya se habrán imaginado, mi madre es una cocinera impresionante que pone todo su amor —que es muchísimo— en cuanto hace. Y todo esto sin variar los irrisorios precios de la carta del bar anterior, porque no habría entrado nadie de haberlos subido. Pues eso, una ruina.

Pero el tema no era solamente el dinero. Poco a poco fue haciéndose su sitio. Unas florecitas por aquí, unas sillas nuevas que le había regalado el distribuidor de cervezas por allá, unas sombrillas para protegerse del sol en la «terraza». Lo mejor fue que empezó a salir de casa todos los días a las siete de la mañana para subir la persiana, no fallaba ni uno. Y claro, se hizo amiga del panadero, y había que ver lo majo que era el repartidor de la Coca-Cola, y el encanto que era una chica que trabajaba en una empresa de áridos cercana. Por supuesto, estaba también el típico maleducado que la trataba mal, y no le decía ni gracias ni por favor ni nada, que siempre los hay, pero eran los menos, y no había perdido ella la capacidad de mirar hacia otro lado para no ver las cosas feas. En fin, la vida misma.

No se imaginan cómo se quedaban sus cuñadas —que habían comprado un apartamento en una urbanización cercana y la visitaban de vez en cuando— cuando les decía que había abierto un bar, ni la cara que ponían cuando iban allí a verla. Claro, la gente no se hace una idea de qué puede llevar a alguien a tomar esa vía, ni siquiera las personas más próximas. A mi madre se le suponía una posición, y como ella tampoco contaba nada, no podían sospechar que realmente lo necesitaba. Eso ocurrió mucho durante la crisis. Aquellos que más o menos conservaron su puestecito de trabajo no fueron conscientes de que muchas familias quedaron literalmente arruinadas, sin recursos de ningún tipo. Se crearon dos clases de ciudadanos incomunicadas, dos compartimentos estancos. Las grandes empresas y el Estado siguieron manteniendo a sus polluelos, mientras que los pequeños empresarios o los profesionales independientes fuimos cayendo como chinches.

Belén se plantó detrás de la barra, con su buena cara, sin importarle nada más que sus espléndidos bocatas y atender lo mejor posible a quien se lo pidiera, fuera quien fuera. Una de las ventajas que hemos tenido siempre en la familia es que, como resulta imposible saber lo que la gente *realmente* piensa de uno, no estamos demasiado pendientes de ello. Y eso te da una libertad tremenda. Sin ir más lejos, yo creo que no me habría podido hacer agente inmobiliario si me hubiera importado qué les iba a parecer a los que me rodeaban. Lo haces y ya está. Y cada uno que piense lo que quiera, o lo que pueda, o lo que sea.

Lo más curioso es que en la puerta del bar había un cartel bien grande, con letras azules, donde ponía: ZONA DE ESPERA. Supongo que antes que bar había sido el lugar donde los clientes esperaban a que se les entregara el coche. No he caído hasta ahora, cuando me he puesto a contárselo a ustedes, pero era muy premonitorio. Belén iba allí todos los días a esperar, a ver si pasaba algo, mientras yo iba aprendiendo el oficio de agente inmobiliario, por el cual ella se interesaba además mucho. Y claro que pasó. Me fui encontrando con otras personas que se hallaban en situaciones parecidas, con inmuebles que ya habían cumplido su función en el pasado y se habían convertido en una pesada carga, y fue entonces cuando pude ayudarla a avanzar hacia una vida más cómoda, hacia una nueva manera de estar, ya suya, solo suya, en la que pudiera convivir con el recuerdo de quien fue su amor, pero a la vez encontrarse lo más a gusto posible ya sin él.

Para eso era fundamental vender la casa. Fuimos bajando el precio, dimos con unos compradores y finalmente lo conseguimos. Fueron unos daneses que conocían muy bien la finca, pues eran hijos de los únicos vecinos que tenía cerca. Se les vio un poco incómodos con la negociación —se sigue regateando en España como si de un zoco se tratara—, pero al final, después de varios meses, llegamos a un acuerdo. No he vuelto a asomarme por allí; era verdaderamente un lugar especial, pero ya no era para nosotros.

Vaciarla fue algo triste aunque también liberador. Al menos para mí fue una liberación. Belén decidió volver a Madrid. Dijo que le gustaría vivir en El Pardo. Estuvimos viendo muchas casas en Mingorrubio, una pequeña colonia construida por Franco para sus guardianes. Es un lugar apartado, muy en medio del campo, por el que tampoco pasa nadie; el que llega hasta allí es porque allí se dirige. Los lugares en que ocurre eso son especiales. Gonzalo y Belén siempre buscaron situarse en ellos, evitar los sitios de paso. Hasta en el bar Cock, al que iban a menudo a tomar una copa, tenían su rinconcito en una esquina bien apartada.

Encontramos una casa que le convenía. Lo que nos decidió a pujar por ella fue la magnífica parra que tenía en el patio. Sus troncos y sus hojas hacían el hogar, daría sombra en verano y dejaría pasar el sol durante el invierno. Con toda la ilusión del mundo pensamos bien lo que iba a necesitar, y nos pusimos manos a la obra. En la planta baja, un buen apartamento, la cocina y la mesa, el dormitorio que es su sitio de estar, un baño con una luz maravillosa, y su nuevo patio particular, con un cobertizo que seguramente se usará como biblioteca. Y arriba dos habitaciones independientes, con su cocina y su baño, para alojar a un par de inquilinos y mejorar su más que modesta pensión de viudedad.

Ahora ya está instalada. Fue un viaje triste, un poco largo quizás, pero bonito. A Belén la veo contenta, aunque nunca se sabe. Ella nunca se queja de nada.

9

Por causas totalmente ajenas a mi voluntad fui el preferido de mis abuelos entre un montón de nietos, por lo que tuve la suerte de que me llevaran con ellos en muchos de sus viajes. A la abuela Coloma lo que le gustaba era tomar el aire, así que el abuelo Mario había ido comprando unos cuantos pisitos distribuidos por la geografía nacional, todos ellos con terraza para que a la abuela no le faltara de nada. Con sus gafas de sol gigantescas, los labios pintarrajeados de un rojo rabioso y su peinado de color morado, se sentaba ella en la que tocaba según la temporada —la de Torremolinos en Semana Santa, la de El Escorial los fines de semana, para el verano la de San Sebastián—, aspiraba hondo, e infaliblemente exclamaba:

—¡Natural, rico, qué hermoso!

Mi abuela era una mujer autoritaria, caprichosa y a menudo injusta. Vamos, que hacía lo que le daba la gana, porque le daba la gana y cuando le daba la gana, pero que tenía muchísima gracia y un sentido del humor extraordinario. Para que se hagan una idea, contaba siempre, partiéndose de risa, cómo se subía a una de las hornacinas de la lonja de El Escorial, cuando era niña, y obligaba a sus amigas a que se arrodillaran ante ella. Yo la adoraba, pero era tremenda.

Diez hijos tuvieron. Nunca necesitó ocuparse de las labores del hogar, pues dispuso siempre de servicio en casa. Cuando dejaba salir a la muchacha un rato los domingos por la tarde, se metía en la cocina, y la veías freír un huevo, resoplando como una ballena, le daba a uno hasta miedo. Era muy de derechas, muy de Franco. «Natural, rico, hay que tener mano firme, porque si no cada uno hace lo que le da la gana, y no puede ser», decía, y se quedaba tan ancha. Un día en Puerto Banús, adonde habíamos ido a dar un paseo desde Torremolinos, vio de lejos al Caudillo, que estaba ya muy mayor. Tomaba el aire en su yate; mi abuela me llevó de la mano a verle de cerca y le hizo una reverencia en toda regla.

De aquellos viajes lo que más me divertía eran los sitios a los que íbamos a comer, y estar con Domingo, el chófer, o el mecánico, como le llamaban los abuelos. De los restaurantes recuerdo un establo con vacas al que me asomaba a mirar, Lasa creo que era, en plenos montes vascos; una camarera muy alta y delgada, vestida con uniforme y cofia, que me traía dulces en un restaurante de Briviesca, camino de San Sebastián; lo nervioso que se ponía el abuelo cuando me levantaba de la mesa y me quedaba de pie junto a otras mesas a mirar cómo comían; lo mucho que le gustaban los chanquetes a la abuela, y sus labios rojos manchados de la tinta negra de los chipirones, que le chiflaban.

A Domingo le ponían una mesa aparte, y yo siempre quería irme a comer con él, pero no me dejaban. «Señor, ¿puedo fumar?», le preguntaba al abuelo cuando íbamos en el coche, y entreabría la ventana en cuanto le daba permiso para echarse un cigarrito. Era un tipo muy simpático, y aunque tenía bastante mala salud, el pobre —andaba con una tos muy ronca a cuestas—, solía estar de buen humor. Con su uniforme de corbata oscura y jersey de pico que descansaba sobre una inmensa tripa, me llevaba a los billares de la Parte Vieja de San Sebastián o me dejaba coger el volante sin que se diera cuenta el abuelo. Pocas cosas me hacían tan feliz como que me permitieran ir con él delante. Los abuelos se resistieron mucho tiempo, mi abuela quería tenerme siempre cerca, pero cuando me fui haciendo mayor ya no le quedó más remedio.

De Domingo aprendí mucho sobre los viajes por carretera. Estaba yo muy pendiente de todas sus maniobras y aproximaciones. Casi todo el camino se hacía por vías de doble sentido, no había aún casi autopistas, y existía una gran complicidad entre los conductores, sobre todo con los camioneros. Había una serie de códigos que resultaban muy entretenidos. Si estaba la Guardia Civil vigilando más adelante, te daban las luces largas los que venían de frente para avisarte, lo cual me producía una emoción incomparable. Lo mismo hacíamos nosotros cuando avistábamos una patrulla en nuestra ruta. Cuando había que adelantar a un camión, solía indicarte con los intermitentes si podías pasar o no, el derecho significaba adelante, el izquierdo, quieto parado. Al ir a meterte de nuevo en tu carril, una vez terminado el adelantamiento, zas, pitido al canto de Domingo que significaba ¡gracias!, y estremecedor bocinazo del camión: ¡de nada!

Siempre que paso por un restaurante y está lleno de camiones me acuerdo de lo que decía el abuelo: «Aquí seguro que se come bien». Me encantaba estar con ellos, sobre todo con ella. El abuelo Mario era el típico notario, un señor más bien serio, algo gris, bastante malhumorado —al menos al final de su vida, que fue cuando yo lo traté, la jubilación no le sentó nada bien—, aunque cuidaba de la abuela de maravilla. Quizás era de esos que, por no oír a su mujer, están dispuestos a lo que sea, pero la quería de verdad. En su casa, al lado del teléfono, había un azulejo: «Mi providencia y tu fe mantendrán la casa en pie». Nunca lo olvidaré. Ni tampoco que, al poco de morir el abuelo, encontré unos versos de la abuela entre las páginas de un libro, escritos con esa letra antigua casi ilegible: «¡Qué noche! ¡Qué soledad! Mi pensamiento y todo mi amor están con él».

Además de a los viajes, mi abuela me llevaba también de visita. Una tarde de invierno en que estaba yo jugando con mis primos a la pelota mientras la abuela conversaba, me arrearon el mayor balonazo que imaginarse puedan. La perfecta esfera del balón de reglamento se me acopló en la jeta, los polígonos de cuero se me quedaron grabados en la piel, oscureciéndome del todo la tarde durante un instante que se me hizo eterno. Pero lo que más me dolió fue la carcajada de mi primo Álvaro, el de las películas, que resonó a los cuatro vientos entre las paredes del patio de su casa. Nunca se me ha olvidado, pero lo mejor es que a él tampoco. El otro día coincidimos en la fiesta de aniversario de Gladys Palmera, y nos estuvimos riendo de aquella historia, esta vez muy a gusto los dos. Me sorprendió mucho que la recordara, pero la tenía fresca como una lechuga en su memoria. «¡Hombre, pero cómo no me voy a acordar!», me dijo. Lo que él no sabía, y no le conté tampoco entonces, es que en el momento de recibir el balonazo tenía yo un llavero en la boca, de metal y de los gordos, y con el impacto me lo tragué. Nunca más se supo de él. Corrí a decírselo a mi madre nada más llegar a casa, pero no le dio ninguna importancia.

Ya no me quedan abuelos ni abuelas a los que visitar, así que disfruté de lo lindo la época en que estuve vendiendo el piso en el que vivía Pepa, que iba ya para los noventa y dos. Viuda desde hacía tiempo, se había casado en 1944 con Anastasio, con quien había regentado una pastelería en su pueblo durante más de cincuenta años para venir a disfrutar de su jubilación en la capital. No habían tenido hijos, y quería vender su casa para morirse tranquila, que luego las herencias se complicaban. Su idea era convertirse en inquilina vitalicia de un inversor, es decir, en un «bicho», como ella misma aseguraba riéndose a carcajadas.

—Anda, rico, abre la caja fuerte y coge las escrituras —me dijo Pepa, la tarde que fui a llevarle el contrato para que lo firmara, mientras señalaba hacia la calle desde su mesa camilla.

Yo miraba hacia donde me indicaba y no acababa de entender bien del todo. Le seguí la corriente, pensando que quizás se estaba refiriendo a una sucursal bancaria que había en la acera de enfrente, o algo así. Hasta que se levantó y me la enseñó ella misma no caí en la cuenta: estaba empotrada en la pared, detrás de un cuadro naíf. Me dio la llave, la abrí —iban a ser las ocho de la tarde, anochecía, el tráfico bajaba de intensidad— y me puse a buscar los documentos.

Al final apareció un abogado de Teruel muy simpático y muy de andar por casa, con unos buenos ahorros, que quería comprarle un piso a su hija en Madrid. Tenía el tío un montón de pasta en efectivo que quería quitarse de encima. Llegó a la notaría, nos metimos en un cuarto él y yo, se subió la pernera del pantalón, se bajó los calcetines y empezó a sacar los fajos de billetes. Fue como de tebeo. Allí se quedó Pepa de «bicho» tan contenta, con su caja fuerte llena de billetes. Los sobrinos, también encantados, aunque me dio la sensación de que a ellos no les iba a dejar la llave tan fácilmente como a mí, al menos por el momento.

10

Tan solo dos prohibiciones había en mi casa: hablar de dinero y leer a Gloria Fuertes. Se ha hablado mucho en los últimos tiempos de la poeta, pues ha sido recientemente homenajeada a troche y moche por no sé muy bien qué aniversario. La verdad es que odio las efemérides, no entiendo qué tiene que ver que haya ocurrido algo hace justo un año o doscientos con que tengamos que ponernos a conmemorarlo. Entre ellas, una de las que más detesto es el día de mi cumpleaños, aunque por otro lado parece ser que al final lo celebro más que nadie, o al menos eso me dicen, así que ni siquiera estoy muy seguro de que no me guste. Es en agosto, por lo que de pequeño nunca estaba con mis amigos del colegio para festejarlo, me sentía un poco solo, y Gonzalo y Belén me decían entonces que cuando fuera mayor me alegraría mucho que mi aniversario fuera en verano, algo que al final solamente ha ocurrido a medias.

En cuanto a aquella peculiar censura literaria, nunca me ha producido contratiempo alguno, más allá de algún suspenso en Lengua por no haberme aprendido alguno de sus poemas, pero lo de no hablar de dinero con fluidez sí que ha sido una dificultad. No era solo de una extraordinaria vulgaridad, sino también un aburrimiento insoportable. Tenía muy interiorizado ese pudor tan extraño, y por otra parte tan extendido. Quizás por eso me relajó tanto una de las primeras frases que me soltó mi bróker: «En este negocio lo más importante no es el dinero». En aquellos momentos me sonó a música celestial. Y lo mejor fue que, si bien podía parecer raro, incluso equivalente a pegarse un tiro en el pie, tenía razón. Se refería, por un lado, a que un agente no puede estar pensando en el dinero que va a ganar con una operación, porque entonces pierde de vista el interés de su cliente, como ocurre en cualquier negocio. Pero por otro, y esto era lo más interesante, venía a decir que a la hora de vender una casa hay que tener en cuenta también muchos otros factores, igual de importantes o más, que tienen que ver con lo personal.

Fue mi amiga María Antonia, una artista de aspecto bastante punki con cierto parecido a Keith Richards, quien me recomendó a su tía Tere. Con todo el dolor de su corazón, quería vender un chalé en la Sierra de Madrid que compartía con sus hermanos, en el que había pasado las vacaciones desde niña, y luego con su propia familia hasta que sus hijos crecieron y cayó en desuso. Era una casita de esas típicas de piedra, de las antiguas y bonitas, con su tejado de pizarra y sus contraventanas verdes, una estructura de madera preciosa en el desván, un cuarto con literas para los niños y un hermoso jardín. Se notaba que lo habían pasado en grande allí, y que le tenían, sobre todo Tere, un gran amor. Cuando lo vendimos quedó feliz, a pesar del desgarro que le supuso, sobre todo porque habíamos encontrado unos buenos compradores, una pareja de recién casados con un niño pequeño que estaban encantados. Eso fue lo que realmente le hizo más ilusión: dar con alguien que iba a disfrutar del lugar como ella lo había hecho. Era una cuestión de cariño.

Me dijo por entonces que ya hablaríamos, que también tenía que vender su piso de Madrid, pero que aún no estaba preparada. Quería mudarse al centro, para tener los comercios más a mano y no necesitar el coche para todo. Y que fuera una casa más pequeña, o con menos habitaciones, porque los salones a Tere —me fui dando cuenta cuando la ayudé a buscar su nuevo piso— le gustan grandes y espaciosos, igual que las cocinas.

Cuando por fin se sintió capaz, lo pusimos en venta, pero le surgían muchas dudas. Confiaba en mí, aunque había algo que la atenazaba. Empezamos enseguida a recibir visitas, y después me quedaba a hablar con ella. La veía inquieta. Teníamos una comunicación muy buena, y hablábamos mucho y de todo un poco.

—Tengo miedo —me confesó ya un día, emocionada— de no actuar como debo, porque las decisiones las tomaba siempre mi marido, y ahora que me he quedado sola, me asusta no estar avanzando en la dirección adecuada.

Y yo, allí sentado en el sofá del salón, me sentía tan responsable en mi labor de asesorarla en esos asuntos tan decisivos que casi se me saltaban las lágrimas a mí también. Porque lo mismo le pasó a mi madre, y a tantas mujeres que enviudan y no se atreven a ser independientes porque nunca lo han sido, para bien o para mal. Su lucha es tremenda.

Estos momentos son los mejores de este trabajo. Y me encantan esos salones con sofás estampados de flores, esos cardados de peluquería recién estrenados, esa integridad, esa dignidad, esa fuerza para seguir adelante en solitario después de toda una vida compartida.

He de decirles que no me gustan las conversaciones «de hombres», lo del fútbol y hablar de tías y tal me aburre de forma soberana. No soy de juguetitos, de ir a cazar o a pescar, de montar en moto y esas cosas. A mí lo que me gusta es estar tranquilamente con las señoras de charla, un poco como cuando iba a ver a mi abuela y me sentaba con ella a pasar la tarde. Qué le voy a hacer. Hasta tengo un club de lectura con seis mujeres bárbaras: Anne-Laure, Dominique, Éléonore, Isabel, Patricia y Yolanda.

Leemos literatura francesa, naturalmente en francés, por lo general clásica: Diderot, Balzac, Lautréamont, Nerval, Dumas… Nos reunimos una vez al mes a comer. Para cada sesión elige una el libro sobre el cual le toca hacer una exposición en la siguiente. Las señoras son todas dicharacheras y alegres, entusiastas y apasionadas, ya de cierta edad —además del único señor, creo que soy el más joven— y con una vida tremendamente animada. Tienen siempre miles de planes.

El club es de lo más educado y cortés. A cada reunión hay que llevar un detallito, un postre, un vino, algo para completar el ágape. Yo suelo llevar flores porque siempre hay comida de sobra, y además me gusta mucho regalarlas. Una vez iba a comprar el ramito en un puesto de toda la vida que había en la esquina de Príncipe de Vergara con Goya, justo enfrente de donde vivían mis abuelos y al lado de la casa donde tocaba, pero el florista se había jubilado, y como llegaba algo justo no tuve tiempo de buscar otro. Llamé al timbre y metí las manos en los bolsillos de la chaqueta para que no se notara que no llevaba nada. Cuando me abrió la puerta la anfitriona, Dominique, exclamó: «Tu viens les mains dans les poches?», que es una expresión muy francesa que quiere decir precisamente eso, que vienes con las manos vacías. Quise que me tragara la tierra. Pensé que se había ofendido porque a ella no le había llevado flores, pero no era eso: sencillamente no traía el libro que tocaba aquel día.

En fin, espero que hayan entendido bien ahora lo del dinero. Hay que vender lo mejor que se pueda, es un objetivo ineludible, pero no hay que perder de vista que los inmuebles deben servirle a uno, y no al revés. Al fin y al cabo, no dejan de ser más que objetos inanimados.

11

Me encontré hace poco en el Auditorio Nacional de Música con Rubén, un buen amigo de la infancia. Me contó que justamente en el anterior descanso del concierto le había estado hablando a su acompañante de una libreta en la que mi padre apuntaba posibles primeras frases de novelas. Solo primeras frases, una detrás de otra, al más puro estilo «Proyecta, que algo queda».

Fueron los padres de Rubén quienes recomendaron a los míos que nos apuntaran a Mario y a mí un verano al campamento Peñas Blancas. Resultó una pesadilla. Teníamos que cantar todos al unísono, al caer la tarde, un himno escalofriante: «Peñas Blancas es un lugar donde todos quieren estar...». Me recuerdo desentonando como un poseso, observado por mis compañeros. Había que asearse en un río helado, como a las siete de la mañana, y fregar un equipo de explorador, que incluía un plato, unos cubiertos y un vaso, todo metálico, que eran un asco. Lo peor era que jugábamos a algo parecido a las tinieblas por la noche en el bosque, no he pasado en mi vida un miedo más atroz. Lo único que se salvó de aquella desventura fue que cuando gané el campeonato de damas me regalaron una caja entera de Coca-Colas, de las buenas, de botella pequeñita de vidrio.

El día de visita de los padres, los nuestros nos llevaron de vuelta a casa. Salimos de allí pitando con un buen montón de víveres que nos habían traído para subsistir lo que quedaba de suplicio. Mientras huíamos en el coche entre frondosos pinares, recuerdo a Gonzalo diciendo: «El curilla ese, que si él es *pedagogo neto y nato*, y que nos vamos a arrepentir toda la vida de esta decisión, ¡menudo percebe! Si nosotros os habíamos traído para que os lo pasarais bien».

A los padres de Rubén no había debido de parecerles tan mal ese campamento, a pesar de que el verano que pasó allí había escrito a su madre una postal con la siguiente sentencia: «Mamá, me lo estoy pasando muy bien. El año que viene no vuelvo».

Con no volver, asunto resuelto, pero comprar una casa sin haberla vivido antes —hasta que no se pasa por el notario y se paga, no hay entrega de llaves— supone un mayor riesgo, pues hay muchos imponderables difíciles de contemplar.

Silvia y Esteban, unos de los que salían en la foto de la fiesta de mi ángel de la guarda, vivían con sus dos retoños cerca de La Latina. La niña, que rezumaba ya adolescencia por los cuatro costados, necesitaba su propio espacio vital y se negaba en redondo a seguir compartiendo habitación con su hermano pequeño, por lo que los papis estaban valorando un cambio de casa. Pero resultaba que Esteban no quería moverse ni a tiros de su guarida, en la que se encontraba como pez en el agua. Era un piso muy alto cuyas ventanas se abrían a ese tan manoseado, codiciado y celebérrimo cielo de Madrid, y eso le tenía enganchado. Sin embargo, para Silvia lo más importante era darle su espacio vital a la niña. Si se hubiera podido sacar una habitación más, se habría quedado encantada, pero era materialmente imposible.

El piso era una vivienda de precio tasado —una modalidad de las de protección oficial— de las miles que se han construido en España siguiendo una estricta y obsoleta normativa. Esta, en concreto, estaba en un edificio un tanto experimental. Se había construido con unos módulos prefabricados de hormigón armado sobre los que se apoyaba toda la estructura de la casa, dentro de los que estaban las cocinas y los baños agrupados para centralizar las tuberías. La teoría era buena, pero tenía el inconveniente de que esos módulos eran unos búnkeres indestructibles, en los que colgar un cuadro era una hazaña, y modificar la distribución, una quimera. Típica historia de arquitecto muy racional y científica, pero cuyo edificio resultaba luego poco práctico para la vida diaria.

—El caso es que —me contaba Silvia un día— entre el dormitorio y la cocina no se oye absolutamente nada, pero si los vecinos se están echando un polvo es como si estuvieras participando.

Espero que a los compradores, Esperanza EMB87 era mi contacto, no les importara demasiado ese pequeño detalle. Vivían de alquiler en el mismo edificio, lo que querían era quedarse en el barrio y dejar de «tirar el dinero». Supongo que conocían bien la calidad de sus aislamientos acústicos, aunque quizás no tanto la fogosidad de sus nuevos vecinos, que pude comprobar *in situ* con otra visita que lógicamente no llegó a durar más de cinco minutos.

Algo muy parecido, con las vistas y ese cielo, aunque en otra órbita, le pasaba a Manuel, el padre de un impresor con el que trabajaba yo antes. Rondaría las ochenta primaveras, y estaba claro que tenía planes distintos a los de su mujer para la vejez. A Manuel lo único que le interesaba era seguir viviendo en su barrio de toda la vida, en Quintana, en el que tomaba el aperitivo todas las mañanas a última hora —ni una sola perdonaba su cañita con las míticas patatas bravas en el Docamar—, y sobre todo seguir disfrutando de las vistas desde su terraza de la décima planta.

—Mira, mira, si se ve hasta la sierra —me decía sentado en una silla de playa, poniendo la palma de la mano encima de los ojos como capitán de barco que avista tierra.

Asunción, sin embargo, habría preferido irse a vivir al piso que habían comprado diez años atrás en Arturo Soria, cerca de donde vivía su hija, para poder ir a recoger a los nietos al colegio y pasar la tarde con ellos.

—Pero al final no ha habido manera de sacarlo de aquí —se lamentaba con resignación y cierto tono de reproche que Manuel, aprovechándose de su sordera, ignoraba por completo, sin querer oír hablar de mudarse a otro lado.

Firmamos el contrato —la exclusiva—, y a trabajar. Me costó casi un año venderlo. Me las hizo pasar canutas el matrimonio, no bajaban ni un duro, negándose a aceptar oferta alguna de las que les presentaba. Era un piso cómodo, moderno, con su plaza de garaje y su trastero, pero no muy acogedor. Solamente se había usado como oficina, y seguían allí las mesas de despacho. Le pedí en repetidas ocasiones a Asunción que lo dejaran vacío, pero no pudo ser. Menos mal que el mercado había empezado ya a recuperarse, y al final alcanzamos el precio que se habían marcado. Un empleado de banca, soltero y sin hijos, Juanjo AÑ28, se lo quedó.

Con esta coincidencia de enganchados a las vistas, y después de asumir que especializarme en casas de buenas arquitecturas no me iba a dar ningún resultado, pensé en una nueva estrategia comercial: posicionarme en un nicho de mercado de pisos que tuvieran, pues eso, buenas vistas. Imagínense, un eslogan del tipo «Viva en el cielo de Madrid». Me compré el dominio *casasconvistas.com* y fabriqué una web con una plantilla de WordPress. Tampoco me funcionó, pero cada vez que vendo una propiedad pongo una foto con las letras V E N D I D O colocadas un poco graciosas, que pisen sobre el azul del cielo, si puede ser.

Uno de los últimos trabajos que hice antes de que llegara la crisis fue en la Expo de Zaragoza, en 2008. Tenía yo entonces una pequeña editorial con la que producía contenidos y publicaciones. En esta ocasión nos encargamos de un pabellón dedicado a las islas del Pacífico. Islas como volcanes y arrecifes de coral dieron un juego bárbaro. Sus habitantes tenían un sistema de orientación muy sofisticado para navegar entre las ínsulas, basado en los patrones de corrientes y oleajes que al rebotar en la costa creaban zonas de calma por las que entrar y salir con sus canoas. Con esta información construían unos mapas de bambú y conchas que eran una joya.

Además del catálogo editamos un libro de cuentos, la tradición oral es de una gran riqueza en aquellos paraísos terrenales.

Uno de los que más me gustaron fue este, que provenía de Tonga, uno de los países que participaban en el pabellón:

CÓMO EL CIELO SE SEPARÓ DE LA TIERRA

Sucedió que, cierto día, estaba Maui Atalanga dando un paseo cuando se encontró en el camino a una mujer llamada Fuiloa, que iba arrastrándose con agua que había recogido del pozo llamado Tofoa. Maui paró a la mujer y le pidió agua para beber, petición que ella rechazó. Maui volvió a pedírsela, y añadió la promesa de que después de beber empujaría el cielo tan alto que ella podría caminar erguida. Y es que por aquel entonces el cielo estaba tan cerca de la tierra que la gente tenía que caminar a cuatro patas.

Fuiloa dudó al principio de la buena fe del dios, pero al reiterar este que haría lo prometido, terminó por acceder. Una vez hubo bebido, Atalanga dio un gran empujón al cielo.

—¿Qué tal así? —le preguntó a la mujer.

—¡Todavía más! —respondió ella.

Así que él empujó el cielo nuevamente.

—¿Qué tal así?

—¡Más todavía! Pon tu fuerza en ello, y álzalo bien lejos.

De modo que Maui empujó de nuevo con todas sus fuerzas y de un tremendo empujón colocó el cielo en su posición actual.

Sospecho que el cielo de Madrid debe su merecida fama a la extraordinaria altura que alcanza la bóveda celeste.

12

Al pasar una mañana por delante del hotel Rex me extrañó no haber reparado nunca en un cartel de peluquería que debía de llevar allí toda la vida. A los pocos días me aventuré a entrar. Había que bajar a un sótano por unas escaleras muy empinadas y pasar por delante de la recepción para entrar, por un recoveco bastante a trasmano, en una pequeña sala angosta rodeada de espejos y con dos grandes sillones.

Allí dentro encontré a Manolo, uno de los tipos más castizos que he conocido. Media melena blanca, de cuerpo ligero, enfilando los sesenta tacos, si no los tenía ya, dicharachero como el que más, me contó su vida y milagros mientras me cortaba el pelo. «¡Se portó siempre muy bien conmigo, yo le debo mucho, muchísimo!», repetía una y otra vez refiriéndose al patrón que le dio trabajo de jovencito y al que acabó sustituyendo pasados los años. Aunque con una sensación extraña, salí de allí contento por haber localizado una nueva peluquería más cerca de casa, no sin antes haberle entregado mi tarjeta. Había iniciado mi nueva estrategia de posicionamiento geográfico.

Estar bien colocado es vital para obtener buenos resultados, lo aprendí gracias al baloncesto. Me he pasado toda la vida jugando mi partidito los fines de semana desde que con nueve años empecé en el equipo de minibasket del colegio hasta que ya tuve que dejarlo, a los cuarenta y tantos, con el cuerpo molido de tanto brinco. Siendo yo más bien poco hábil para encestar, a no ser que fuera desde muy cerca de la canasta, aprovechaba mis casi doscientos centímetros de largo para dedicarme a coger los rebotes. Para quien no esté familiarizado con este deporte, se trata de recuperar los balones que salen despedidos cuando la pelota no entra por el aro. Son muy valiosos, pues dan al equipo la posesión del balón, que equivale a la oportunidad de poder anotar. Para alcanzarlos no siempre hay que saltar más que los otros jugadores —tampoco he sido nunca un gran saltarín—: lo esencial es «ganar la posición» y así llegar antes que el adversario.

Pues resulta que a los agentes inmobiliarios, como a la mayoría de los comerciales o vendedores, nos llegan los clientes también posicionándonos. Les voy a dar una pista: hay dos tipos de posicionamiento, geográfico y demográfico, según se trabaje sobre una zona o sobre un grupo de personas. ¿Saben ya de qué se trata? Pues de llegar el primero, para que lo conozcan a uno, lo recuerden cuando alguien pueda necesitarle y lo recomienden:

—Oye, que fulanito quiere vender su piso.

—Ah, pues yo tengo un amigo que…

Después ya «solamente» queda hacer un buen trabajo, pero esta primera aproximación es fundamental.

Siendo mi posicionamiento demográfico bastante correcto una vez que había empezado a publicar mis posts, en mi barrio era como si no existiera. Por eso pensé en cambiar de peluquería, por segunda vez en mi vida.

De pequeño me cortaba el pelo mi madre, y cuando fui ya algo mayor me empezó a llevar a Cachón, un salón legendario que había en una primera planta de un edificio en la Carrera de San Jerónimo, enfrente del restaurante Lhardy, que se mantenía intacto desde antes de la Guerra Civil. Desapareció hace mucho, tendría yo dieciocho años, calculo, cuando tuve que mudarme a otra peluquería que había dentro del hotel Velázquez, donde mi padre se cortaba el pelo durante el poco tiempo que lo necesitó —se quedó calvo muy joven—. Allí operaba el legendario Abraham, un tipo socarrón, amante de la ópera, y del Atleti a rabiar. Me solucionaba muy bien, y además, y esto era casi igual de importante o más, a la salida me tomaba un pincho de tortilla en Jurucha, calle de Ayala justo enfrente del Mercado de la Paz, cogollito del barrio de Salamanca. Aunque el ambiente es bastante rancio, merece la pena asomarse a esa larga barra sobre la que sirven el que para mí es el mejor pincho de tortilla de Madrid. Lo ponen *como suena*, que es solo, no me pregunten por qué, y con mayonesa. A mí me gusta *con mayo*.

El cambio de peluquería aparentó ser, en un primer momento, un éxito. Manolo me recomendó a un cliente suyo que hice mío en un abrir y cerrar de ojos, un marroquinero jubilado que quería vender su precioso local, aquí, al lado de casa. Pero lo que fui incapaz de prever es que mi nuevo peluquero me cambiara el *look* de una manera tan imperceptible como definitiva. Entre el estilo del barrio de Salamanca y el de la Gran Vía resultó existir un abismo. No puedo explicarles exactamente en qué consistía la diferencia, creo que me dejaba como una melenilla por detrás un poco extraña, en forma como de moldeado de señora, en fin, no sé muy bien. El caso es que empezó a ocurrirme algo imprevisto: me pasé varios meses sin vender un solo piso. Sí, como lo oyen. Era como si, cual Sansón, hubiera perdido mi fuerza, mi credibilidad; no sé, yo me encontraba normal, pero había algo raro.

De verdad, me pasé varios meses sin vender un piso. Los agentes inmobiliarios solemos tener crisis de ventas cada cierto tiempo. Nos agotamos, yo al menos. Casi todos los años tengo alguna, esa fue la primera. Te quedas como seco, hay una enorme tensión, se mueve mucho dinero, a menudo el patrimonio de toda una vida está en juego, el nivel de exigencia es muy elevado, y al final acabas por desfondarte. Este es uno de los motivos por los que es más que aconsejable estar metido en una agencia. Consultar dudas, pedir consejos en ciertas situaciones te ayuda a mantenerte. En cuanto empiezas a vender, lo más fácil es tener la tentación de pensar que todo esto es pan comido, que ya has aprendido lo que necesitabas saber, y te bastas y te sobras para seguir adelante, pero hay que tener mucho cuidado con esto. No me gusta mucho cómo suena lo que les voy a decir, pero se precisa cierta dosis de humildad («virtud que consiste en el conocimiento de las propias limitaciones y debilidades y en obrar de acuerdo con este conocimiento», según el diccionario) para hacer este trabajo.

Respecto a mi peinado, hasta hubo algún amigo que me preguntó si había cambiado de peluquería sin haberle yo contado nada. Me quedé helado. No tuve más remedio que acabar preguntándome a mi vez si la causa del bache no sería mi quizás no tan sutil cambio de aspecto. Soy completamente ajeno al mundo de las supersticiones, pero tampoco podía dejar de lado esa posibilidad. Necesitaba retomar la senda del éxito como fuera, no me lo podía permitir, así que decidí volver al hotel Velázquez, no perdía nada. Debía quitarme de la cabeza esa idea, además del exceso de pelo que me dejaba Manolo. Y, no se lo van a creer, pero de inmediato viró mi suerte. En cuanto recuperé mi aspecto habitual, me contactó Juan, un buen amigo que quería cambiar de decorado. Le vendí su piso en unas pocas semanas y le encontré otro enseguida para que se mudara, una doble operación redonda, vamos. Así pude recuperarme de todos los meses anteriores de sequía. Ya se lo contaré más adelante.

El problema era qué hacer ahora. Tras darle muchas vueltas a la cabeza, decidí que a partir de entonces me cortaría el pelo dos veces, una detrás de otra. Primero iría a ver a mi nuevo peluquero del barrio, y unas semanas después me pasaría por el mío de toda la vida. Ya sé que parece algo complicado, pero luego no lo es tanto. Además, como Manolo me lo deja un poco largo, no hay problema. Doble gasto, sí, pero todo sea por el posicionamiento geográfico. Si se entera me mata; espero que nunca llegue a leer estas líneas, aunque si lo hace supongo que me comprenderá. No es que lo haga mejor o peor, es que no es mi estilo. Son gajes del oficio, del suyo y del mío.

13

Solía encontrarme con Perico en la pescadería del Mercado de la Cebada tras dejar a mi hija Coloma en el colegio. Ahora ya no la acompaño. Primero empezó a darle vergüenza que la vieran conmigo, un clásico, así que a trescientos metros del colegio me mandaba de vuelta, y poco más tarde quiso ir ya sola desde casa. Acto seguido me pidió un armario nuevo. Soñaba con un gran armario. Cuando nació encargamos una cómoda monísima que lacamos en rosa chicle —Lola y yo estábamos muy ilusionados con la niña, tras los dos querubines—, pero Coloma estaba ya hasta las narices de ella. «Cuando venda un piso te lo compro», le contestaba cada vez que insistía.

Con Perico también tenía yo un asunto pendiente. Llevaba ya tiempo diciéndole que me tenía que enseñar a hacer los boquerones en vinagre, especialidad de la casa en su taberna, El Boquerón, así que, como ya no frecuentaba tanto la pescadería, aproveché una visita en un piso que estaba vendiendo en la calle Sombrerete para pasar a verle. Quedé con él en el mercado; bajaríamos luego hasta su local, donde me mostraría la fórmula secreta.

Cuando me presenté pasadas las nueve de la mañana, ya tenía elegidas las gambas, las ostras y las cigalas, que se apilaban en cajas de madera junto a los boquerones limpios para vinagre y la merluza en bocaditos. Sobre un carrito metálico saldrían rodando en breve, calle de Embajadores abajo, hasta su local. Antes de irnos me presentó al maestro pescadero, Avelino.

—A este hazle idéntico precio que a mí —le dijo.

Una vez terminada la compra iniciamos el mismo itinerario que la mercancía. A media ladera, justo antes de llegar a otro mercado, el de San Fernando, entramos en una cafetería. Estaba yo avisado de que el plan incluía parar a tomar un cafetito. Me invitó a unos churros, que acepté, aunque ya había desayunado en casa y él no los tomó. Tardaron un poco en salir. Mientras tanto intenté hacerle a Perico una entrevista para escribir después un post, pero no me salió. Sabor a café con leche con la grasa de los churros, trajín de descafeinados de máquina, de cortados y sol y sombras.

Seguimos calle abajo, enfilamos Tribulete, la siguiente a Sombrerete —coquetos nombres—, hasta la plaza de Lavapiés, y por la calle Valencia llegamos a El Boquerón. Había mucho silencio y muy intenso. El carrito nos había tomado la delantera y uno de los camareros estaba ya limpiando los boquerones bajo un buen chorro de agua fría en un barreño de plástico azul. Lo primero era dejarlos relucientes y blancos. Mientras el agua no saliera limpia y cristalina no pasaban a Rafael, hermano ya jubilado de Perico. Tipo hermético, se acerca por la taberna todas las mañanas para retirarse cuando abren al público. Tras toda la vida allí metido, tampoco podía quedarse ahora el día entero en casa.

Rafael los revisaba uno a uno antes de meterlos en otro barreño que ya tenía el vinagre preparado. Diez minutos pasaron hasta que se oyó una palabra. Por fin sentenció:

—Estos boquerones son buenísimos, espectaculares. Mientras siga haciendo calor, seguirán viniendo buenos.

La verdad es que eran unos lomos espléndidos. De vez en cuando echaba un buen puñado de sal, «pero no a lo bestia, sino como si los fueras a salar para comértelos fritos». Después los llevaban a un patio muy oscuro, cubierto con un techo de uralita, donde se almacenaban en unas estanterías metálicas durante veinticuatro horas. Y luego había que congelarlos.

—Es una pena —retomó Perico—, pierden mucho, pero no queda más remedio. Lo de las veinticuatro horas es para el público, pero casi crudos es como mejor están. Antes de toda esta historia del anisakis se hacían por la mañana y se servían para el apetitivo.

Al final, no conseguí enterarme bien del tiempo que se dejan en vinagre, que es una de las claves. Cada uno de los hermanos decía una cosa y al poco la contraria.

En fin, no sé si les habré aclarado algo respecto de los boquerones. Les sugiero en cualquier caso que se acerquen por allí un día y los prueben. Siempre ponen uno de tapa con la caña o con el vermú —con Seltz o sin él—. Pidan unas gambas, son de llorar, con una media basta, vienen cinco. Perico es un maestro de la plancha, da gusto verle trabajar. Y si ya se quieren quedar a comer, el menú es un tomate con anchoa y boquerón, y luego una merluza en bocaditos guisada, la misma que viajó calle Embajadores abajo por la mañana. Antológico.

Tener tan a mano este auténtico «jolgorio de los paladares» —así se anunciaba un restaurante malísimo, muy pretencioso, como de *nouvelle cuisine*, que había en Mojácar; nos partíamos— me hacía más llevadero atender la cantidad de visitas que estaban desfilando por el piso de Sombrerete, pero nada, que no lo vendía. No entendía muy bien por qué, en precio estaba, a los visitantes gustaba, pero todos ellos parecían insistir en que tenía el techo muy bajo. Y era cierto, pero tampoco me parecía para tanto, aunque tuviera que agacharme para entrar por la puerta, algo que suelo hacer siempre por si acaso, y los días en que cogía volumen mi moldeado, rozaba con la escayola. Al final pensé que quizás podía estar yo siendo una referencia no demasiado afortunada. Le pedí a Lola, mi mujer, que lo enseñara; ella es más bien pequeñita —no se imaginan cuántas veces nos han hecho ya la broma del punto y la i— y, entre otras cosas, debió de darle una estupenda escala, pues lo vendió a la primera.

El día de la notaría tuve la suerte de que tocó un buen notario, de esos a los que da gusto ver trabajar. Los fedatarios siempre me han parecido, así, en general, personajes curiosos a los que me gusta tratar, no solo por su singularidad tipológica, sino quizás también por el hecho de poder observar ejemplos de lo que mi padre quiso que fuera y no fui. No teman, no va esto de tumultos emocionales ni lamentaciones, se trata tan solo de un divertimento. En esta ocasión, el notario —pelos alborotados, corbata de colores chillones, un poco regordete sin llegar a serlo del todo, atractivo y muy simpático— atendía las preguntas no solo solícito, sino con regocijo. Estuvimos hablando de una curiosísima carga de origen medieval que pesaba sobre la propiedad en cuestión, la «carga real de aposento». Consistía en la obligación que tenían los propietarios de la vivienda de ceder la mitad de su superficie útil a los funcionarios del rey cuando la pudieran necesitar, lo cual nos divirtió mucho a todos los presentes, por lo curioso de su existencia y por lo insólito de su persistencia. Allí seguía, y seguiría, nos dijo el notario, esa carga de por vida.

Con los honorarios de esta venta pude comprarle el armario a Coloma. Viajecito a Ikea; ella misma le explicó en detalle al dependiente lo que quería con una precisión extraordinaria: tantos cajones, esto para colgar, zapatero me basta con este. Encargamos que nos lo instalaran —juré hace años que jamás volvería a montar un mueble de Ikea, no saben cómo odio hacer bricolaje—. Poco antes de que llegaran los operarios, un sábado por la mañana, Coloma fue sacando de su habitación todos sus juguetes, muñecos y peluches, y dejándolos amontonados en el salón. Fue como si la viera expulsar la infancia de su vida.

14

Me dicen en la agencia que debería comprarme un coche nuevo, aunque yo tengo suficiente con el mío. Está un poco viejo, pero me da igual. Me atrevo a decir que es un compañero fiable con el que puedo contar, por más que suene a anuncio publicitario. Kilómetros en la última revisión: trescientos seis mil seiscientos veinte. No está nada mal. De momento me voy a conformar con pintarle el guardabarros, porque anda todo rayado y tampoco es plan de que tenga aspecto descuidado. Así lo conservo unos añitos más.

Y menuda pereza encima empezar otra vez a pagar a plazos. Durante una época hubo un acreedor que llamaba por teléfono a todas horas a casa de mis padres porque se le venían debiendo unas letras del coche. Siempre se le atendía muy bien en casa, Belén le daba muy buenas palabras, y cuando ya no quedaba más remedio se ponía Gonzalo. Le oí un día cómo le decía: «Pues no veo otra solución que pagárselas, señor Calero».

Aquella frase me sonó inapelable, aunque al pobre hombre no le solucionaba nada, supuse. Le imaginé colgando el teléfono desconsolado. No se vayan a creer que llamaban muchos acreedores; solo de vez en cuando. Se pagaba siempre todo religiosamente, y con mucho gusto además, pero había épocas en que las cuentas flaqueaban —«El Ministerio me debe no sé cuántos meses ya», oía de pasada a mi padre, así, a lo lejos, en conversaciones de las que siempre permanecíamos al margen los niños—, y había que hacer cierta labor de contención.

De todas formas, aparte de lo de las letras, prefiero mil veces lo viejo a lo nuevo, el mate al brillo, lo usado a lo recién estrenado. Es lo del librito del japonés Tanizaki, que describe la belleza de las piedras desgastadas por el curso del agua. Los objetos, con el paso del tiempo, se van volviendo más personales, van teniendo su propia historia, y eso los hace más cercanos y amables. Aunque también hay algunas innovaciones que me encantan. He descubierto hace poco los avances en la amortiguación de las zapatillas y ando ahora flotando con unas enes en los pies. Eran fluorescentes pero las he tuneado para que no se viera tanto la marca, me niego a ir haciendo publicidad, y encima pagando. Pero en general me quedo con lo antiguo, sobre todo con las cosas buenas.

Recuerdo oír a mi padre también dando explicaciones a alguien: «Al final me he vuelto a comprar un Dos Caballos, es el mejor. No es un cochecillo». Quería decir que era un coche bueno y elegante. Gonzalo le daba muchísima importancia a la elegancia. Del latín *eligĕre*, «elegir», explicaba. De él aprendí que en la vida hay que estar todo el rato eligiendo, y que en función de las opciones que, más o menos conscientemente, vamos tomando, nos encaminamos hacia uno u otro lado. Sobre esto habría mucho que hablar, ya lo sé, porque luego están las circunstancias y tal, pero no me pueden negar que al final elegimos unas cuantas cosas. Y quien bien elige pues es elegante.

El coche de mi infancia fue, lo habrán adivinado, el Citroën 2CV, el Dos Caballos. Mis padres tuvieron tres entre finales de los años sesenta y el inicio de los ochenta. El primero de ellos no llegué a conocerlo. Contaba Gonzalo cómo se fue con él hasta Valladolid en primera. ¿Se imaginan? Era de esos antiguos con los faros redondos, color gris, el modelo auténtico de los agricultores franceses. Supongo que lo sabrán, pero por si acaso les cuento que la tenue suspensión del Dos Caballos estaba pensada para llevar los huevos sin que se rompieran. Su suave balanceo se debe por tanto a la afición de los franceses por la repostería, o al menos con esa idea me quedé, porque tortilla de patatas ellos no comen.

El segundo Dos Caballos era de color naranja. Aún recuerdo la matrícula, M-5878-AC. Tenía ya los faros cuadrados, lo cual fue un disgusto inmenso para la familia. Qué contar de los viajes por toda la Península, flotando sobre las carreteras de antaño, atravesando cada pueblo pisando huevos, valga la redundancia. Pues por ejemplo que en el asiento de atrás había una barra en medio, y que al invitado que le tocara sentarse encima se le quedaba el culo hecho polvo. Que a Gonzalo a menudo se le caía sobre el codo la ventana —era abatible y tenía un ganchito para sujetarla que a veces fallaba— y veía las estrellas. Que la bola negra de la palanca de las marchas era preciosa, y adelantar un camión, una aventura extraordinaria, dando bandazos a merced del viento; meter tercera para coger algo de *reprise* era ya la apoteosis. Que cuando llovía solía entrar agua. Que Belén cantaba desgañitándose «Un ramito de violetas» —el ruido era ensordecedor y por supuesto no teníamos radio— camino de Santander a pasar el verano, subiendo el puerto del Escudo entre una niebla del demonio, y se quitaba los zapatos de tacón para conducir descalza.

El tercero era azul. Largos veranos de varios meses, quita la capota que luce el sol, pon la capota que llueve. Recuerdo una Semana Santa en Cádiz, lo que debíamos tardar en llegar. El cuentakilómetros no marcaba más de ciento treinta, que se alcanzaban solamente cuesta abajo. Este fue el último de los Citroën, que además ya pude usar. Me saqué el carné nada más cumplir los dieciocho. Aquel Dos Caballos murió a la vuelta de un viaje a París con Lolita, a la altura de Valencia, me piqué con un camión en la autopista, se rompió el ventilador y se gripó.

Entre medias de alguno de estos Dos Caballos, el tío Carlos —ya les he hablado de él, el emprendedor— le regaló a Gonzalo un Dodge que duró unos cuantos meses. Aunque fuera de fabricación española, era como un coche americano, con todo lo que aquello implicaba. Un coche americano era, pues eso, un coche de los que se veían en las películas, muy largo, muy largo. Se los llamaba también Haiga, que no era una marca, sino un apodo: «El que más grande haiga».

Mi tío siempre ha sido el millonario de la familia, tenía mucho ojo para los negocios. A veces hay un tío de esos. No es que fuera especialmente generoso, aunque en algunas ocasiones sí, como en esta, pero todo el mundo sabe que en general la gente que tiene dinero es porque tiende más bien a no repartirlo en exceso. Vamos, que si debe elegir entre que esté en su bolsillo o en el tuyo, opta por el suyo sin dudarlo un instante. El caso es que este regalo fue bastante envenenado, porque aquel coche gastaba decenas de litros de gasolina, y, claro, aquello fue una ruina.

«¡Toma ya, quinientas pelas!», exclamaba Gonzalo tras un acelerón.

Acabó explotando un día con toda la familia dentro, nos dimos un buen susto, salía humo por todos lados. Al salir del Haiga estallamos nosotros también en una buena carcajada.

«Hay que apoyar la industria nacional», se justificó Gonzalo cuando se compró un Ibiza. Fue un completo error. Lo quería con aire acondicionado, pero no había *stock* y se lo tuvieron que poner después; o sea, que no venía de serie: el motor no tenía suficiente potencia y el coche no andaba nada cuando se ponía el aire, que era fundamentalmente para lo que se lo había comprado. Una noche se estampó a la salida de una curva. Era un Fórmula 1 comparado con el Dos Caballos al que estaba acostumbrado. Se le desbocó y le destrozó el coche al dueño de un asador argentino. «Pobre gaucho», decía lamentándose...

Mi padre era un desastre con los coches, de los que no entendía, ni por supuesto quería entender, ni palabra. Al Ibiza le siguió un Golf negro. Le acompañé a buscarlo al concesionario, paseo de la Castellana arriba. Yo le decía que tuviera cuidado con el rodaje, que no le pegara acelerones, pero no me hizo mucho caso. Intenté que me dejara conducirlo a mí, no hubo manera: no todos los días se saca un coche nuevo del concesionario. Este acabó dando muy buen resultado.

El último utilitario, ya conocido por sus nietos, fue todo un éxito. Un Suzuki 4×4 pequeñito, Ignis creo que era el modelo. «El coche amarillo», lo llamábamos.

Mi primer coche fue, ¿lo adivinan?, un Dos Caballos. Nos lo regalaron nuestros amigos por nuestra boda. Ese sí que fue una calamidad. Había un tío que tenía un Club del Dos Caballos por la calle Mateo Inurria, Luis se llamaba. Mira que es sencillo el motor, pues los que montaba no había forma de que funcionaran. Nos fuimos de viaje de novios al día siguiente de casarnos, Lolita y yo tan campantes, y nos dejó tirados a los diez minutos de empezar el viaje, resultó imposible enderezarlo. Fue un regalo muy bonito, muy emotivo —nos lo entregaron en mitad del festín, con todo el mundo mirando, lo habían envuelto entero con papel marrón y un lazo inmenso tan rojo como me puse yo deshaciendo el paquete— pero un desastre.

Además, me ocurrió algo horrible con él. Al ir a estrenarlo, al final de la fiesta, íbamos a marcharnos los dos en nuestro reluciente utilitario —este era amarillo—, recién casados, y no se le ocurrió otra cosa a un amigo de esos que ves de Pascuas a Ramos que subirse con nosotros y ponerse en el asiento de delante, en lugar de dejárselo a la novia. Ya venirse en nuestro coche era inoportuno, pero encima quitarle el asiento a la novia… ¡Qué rabia me dio no haberle dicho que se quitara! ¡Qué tonto fui!

El otro recuerdo terrible del día de nuestra boda fue que la orquesta del pueblo que amenizó la velada se puso a tocar una canción espantosa: «Tengo un tractor amarillo», y los invitados se lanzaron a hacer el trenecito. Gonzalo y Belén casi se esconden debajo de una mesa. Fue horroroso. No se vayan a creer que la boda estuvo mal ni nada. Todo lo contrario: fue maravillosa, muy divertida, en un sitio precioso, en el campo, así como de familia mafiosa siciliana, que no tengo ni idea de cómo serán, pero por las películas me las imagino así. Y Lolita estaba preciosa, eso se lo aseguro.

En fin, después de aquel Dos Caballos pasamos al Sevillano, un Peugeot de segunda mano con matrícula de Sevilla. Fue una lástima que quitaran las iniciales de las provincias a las matrículas de los coches, porque era bastante entretenido, antes me fijaba todo el rato. También estaba el juego ese de que si veías una matrícula que tuviera repetido tu número favorito —el mío es el siete—, la chica que te gustaba estaba enamorada de ti, y cuantas más veces se repitiera, pues más enamorada. En este Sevillano, que por supuesto no tenía aire acondicionado, aunque sí radio, rociábamos con agua a nuestro flamante bebé Diego para que no le diera algo del calor que hacía en La Mancha, a primeros de agosto, de camino a Portugal a pasar las vacaciones.

Mi siguiente coche fue un Volvo de esos enormes de los que me gustaban cuando era arquitecto, de los antiguos. Se lo compré a un tío que lo tenía aparcado en la calle con un cartel de SE VENDE, y me dio el palo. Me gasté una fortuna en reparaciones, y acabó en el desguace. Eso sí que era como ir en una carroza: un peso, un balanceo, unos asientos…; un lujazo. Me duró unos pocos años, y ya no me arriesgué más cuando me dejó tirado con toda la familia en pleno carril BUS-VAO de la carretera de

La Coruña. Luego llegó mi primer coche nuevo, o seminuevo, como dicen, de esos que tienen unos pocos kilómetros y solo lo han usado los empleados de los concesionarios o algo así. Fue un Volkswagen Touran, muy altito, para no darme con el techo en la cabeza. Fabuloso. Aquí sigue conmigo, dando muy buen resultado, vacaciones, viajes de todo tipo, en fin, un éxito. Este es al que estoy pensando pintar el guardabarros, aunque sigo dudando. Quizás casi mejor invierto esos trescientos pavos en ponerle un buen loro. No estaría de más un poco de *surrounding*.

15

Tienen esas calles de Madrid que son antiguas carreteras un aire comarcal —hoy comercial—, como de tráfico rodado más que de andar, de distribuidor a escala general, de conectar puntos distantes a alta velocidad. La de Alcalá y la de Bravo Murillo son las principales carreteras comerciales de mi ciudad. No es difícil imaginarlas atravesando los campos que fueron urbanizándose después para ir dando nombre a las estaciones de metro que hoy las jalonan: Pueblo Nuevo, Quintana, Tetuán o Valdeacederas.

El otro día, cerca de la plaza de Castilla, tras una visita a un sótano invendible, según el propio dueño —aunque invendible no hay nada, de hecho lo acabé vendiendo—, me paré en un bar de Bravo Murillo y me quiso dar la sensación de que la gente se asomaba a la calle a ver los coches pasar, como ocurría en el pueblo de Santander en el que veraneaba yo de pequeño, cuya curva de la carretera general era punto de encuentro de los lugareños. La familia de mi madre tenía allí la típica casona en la que pasábamos unos veranos memorables.

Aunque lo parezca, no era esta la típica percha, como se dice en el argot periodístico, para colgar ahora unos cuantos recuerdos de la infancia: todo el día en la bicicleta por el pueblo, la leche de vaca de verdad que hervía la guardesa Luisa en la cocina, los baños en las pozas del río Pas, las excursiones a las playas del Cantábrico cuando no llovía, las tardes enteras jugando al ping-pong o al tute, pescábamos renacuajos con el redeño en los abrevaderos, algunos con patas se habían hecho ya casi ranas. Subíamos por entre los verdes prados a llevar a las vacas.

La verdad es que menudo tostón esto de ponerse a contar los recuerdos de infancia. Por muy increíble que les pueda parecer, casi nunca hablo de mí. Me identifico *plenamente* con las palabras del francés Chateaubriand —quien no tiene nada que ver con el filete— en sus *Memorias de ultratumba*, un libro que escribió para financiarse durante los últimos años de su vida con la condición de que no se publicara hasta su muerte:

> Nunca distraigo a la gente con mis intereses, mis deseos, mis trabajos, mis ideas, mis ataduras, mis alegrías, mis tristezas, convencido del aburrimiento profundo que se causa a los demás hablando de uno mismo. Sincero y verdadero, me falta apertura de corazón: mi alma tiende a cerrarse incesantemente; nunca digo una cosa entera y no he contado mi vida completa más que en estas *Memorias*. Al intentar empezar un relato, de repente la idea de su duración me espanta; al cabo de cuatro palabras, el sonido de mi voz se me hace insoportable y me callo.

Cuando las calles se adaptan a lo concreto y lo particular, se producen situaciones especiales; son como sitios en los que apoyarse, puntos de referencia que humanizan la ciudad. Hace poco he comprado un pisito con un cliente justo donde la calle de Marcelo Usera hace su primer giro según sube desde el río. Entre las curvas de Madrid —ciudad en la que escasean, es más bien de líneas rectas—, la Gran Vía en su primer tramo, entre Alcalá y la Red de San Luis, es de las más bonitas. Según la teoría esbozada por el ilustre sabio Santiago Amón, gran amigo de Gonzalo, se trazó para evitar la demolición del oratorio del Caballero de Gracia, por cuyo ábside pasa rozando el *broadway* madrileño.

Si, como en el caso del pisito de Usera o de la curva de la Gran Vía, los accidentes del terreno crean espacios urbanos singulares, ahora, desde que tenemos móviles, son las conversaciones telefónicas las que señalan los sitios en mi memoria. Tenía una clienta que me solía llamar cuando estaba entrando en el parking de Mercadona, el verano pasado, con toda la familia en el coche, el maldito manos libres a todo volumen; se imaginarán el percal. Y como se interesaba por un piso que no vendía ni a tiros, no quería dejar de cogerle el teléfono. Además, me llamaba desde Panamá, o algo así, y me pasaba como dos horas hablando con ella, y claro, aunque te dicen que hay tarifa plana, cualquiera se fía de las compañías telefónicas, por lo que me daba cierto temor tener que devolverle la llamada.

Hasta le daba tiempo a la familia a hacer la compra y volver. Y yo sudando como un pollo, metido en el coche, dentro del parking del supermercado…, un desatino. A partir de entonces cada vez que vuelvo a pasar por ese aparcamiento me acuerdo de aquellas llamadas, del calor de espanto, de los niños en el coche alborotando, del piso aquel, y sobre todo de una frase que me dijo el dueño cuando por fin conseguimos venderlo, mucho tiempo después: «Hay gente para todo».

Y lo que les quería decir es que me da mucha rabia que me pase eso de que los lugares, a veces, se queden asociados a las conversaciones telefónicas que has tenido en ellos. Eso antes de que hubiera móviles no pasaba, te acordabas de lo que te había ocurrido allí, en ese lugar, o por esa curva que dibujaba la calle, o porque en ese vagón de tren te habías dejado la cámara de fotos del abuelo (uf, aquello fue una tragedia, una Rollei que me prestó mi padre que era una joya; siempre me negué a reconocerlo, a admitir que me hubiera pasado eso a mí; además, ni siquiera estoy seguro de que me hubiera sucedido)…

No fue esta vez una llamada, sino un wasap que recibí de mi amigo Juan, justo después de haber vuelto a mi antigua peluquería, lo que se me quedó asociado al viaje que hice a Londres para ir a ver a Diego.

Mi hijo mayor se había ido allí a trabajar una temporada. Bueno, que se había ido es un decir, más bien le habíamos metido en un avión y mandado para allá, porque en su primer año de mayoría de edad andaba el niño un tanto despistado. Empezó Derecho por hacer algo, como tantos otros, se aburrió como un mono desde el principio, se entretuvo todo lo que pudo en la cafetería de la universidad, y a medio curso lo dejó.

—¿Qué vas a hacer ahora? —le preguntamos.

—Pues nada…, sacarme el carné de conducir —nos contestó.

Escalofríos. Aquello no podía terminar en nada bueno. Lo mandamos a Londres a currar, y encontró trabajo en un restaurante, de friegaplatos. Me quedé impresionado de cómo aguantó el tío. Trabajaba de sol a sol, pernoctaba en un suburbio más bien bastante apartado, al que se llegaba después de hora y media de tren, en una habitación compartida. Menos mal que le daban de comer en el restaurante.

El día que fuimos a despedirnos de él me costó una barbaridad dejarle allí, en la puerta del local, con el delantal puesto y el nudo que creí ver en su garganta, cuando estaba más bien en la mía. Se hizo amigo de un compañero del restaurante —un hombre ya mayor, de unos cincuenta, con un puesto similar al suyo—, y más tarde nos contó que el señor le había dicho que no dejara de aprovechar la oportunidad de estudiar si la tenía. Cuando volvió, no pensaba en otra cosa que en empezar una carrera. Y así lo hizo. Fue un acierto. No siempre se atina, es complicado, nunca sabe uno muy bien.

A Juan, el del wasap, le traté en una época en la que editaba libros sobre bares y restaurantes de Madrid. Emiliano, uno de los dueños de una prestigiosa joyería de la capital a quien conocí cuando publicamos una biografía de Custodio Zamarra —histórico sumiller del restaurante Zalacaín y uno de los tipos más honestos que he conocido en toda mi vida—, me propuso editar una guía con sus restaurantes favoritos, *Los 20 magníficos* se llamaría. Estuve recorriéndolos y probándolos todos, y a cuerpo de rey. Eso sí que fue un auténtico jolgorio. Emiliano los tenía muy bien elegidos, y además el libro era muy divertido. Lo encuadernamos en una tela de color naranja, lo vendí como regalo de empresa —en aquella época aún se obsequiaba a los clientes—, pronto se convirtió casi en un incunable. Vinieron después *Otros 20 magníficos*, también de Emiliano, y *Madrid en 20 barras*, que encargué a diversos autores y que prologó Juan, que además de actor es un disfrutón empedernido. Aparte de ser unas guías de lo más prácticas, aquellos libros retrataban Madrid a través de sus taberneros.

Cuando mandé a mis contactos los textos sobre mi nueva ocupación, Juan fue de los que enseguida mostraron interés y me animaron. «Me alegro, Jacobo. De corazón», me contestó a mi primer envío. Al poco tiempo empezó a preguntarme sobre su casa, que en cuánto podría venderse, que le gustaría cambiarse, le rondaba esa idea por la cabeza…, hasta que, como les decía, recibí en Londres el siguiente mensaje: «Buenas tardes, Jacobo. Quisiera retomar el tema de la casa. ¿Cómo tienes la agenda en los próximos días?». Y nos pusimos a trabajar enseguida.

Conocer bien los bares y restaurantes de Madrid me ha ayudado mucho a hacer más amable el trabajo de agente inmobiliario, que es tan de calle. Ayer mismo, celebrando una compra en el Nájera —glorioso, de barrio, sin trampa ni cartón, la maestría en el uso de la mayonesa, ensaladilla rusa y huevos rellenos como los de casa, de llorar— con Rosa, una de mis mejores clientas, me confesaba que lo único que le había dado pena de haber encontrado por fin el piso que buscaba fue perder los avituallamientos que le organizaba. Estuvimos unos cuantos meses revolviendo el mercado; tampoco es que fuera ella muy exigente, pero quería algo que estuviera bien, decente, un espacio agradable, con buena luz y bien situado, lo cual no es tan fácil de encontrar.

Aquí de lo que se trata es de ayudar a comprar en lugar de a vender. Asesoras a tu cliente en todo lo necesario, te conviertes en lo que se conoce como un *personal shopper*. Buscas los pisos, vas a verlos, hablas con los propietarios o sus agentes inmobiliarios, organizas las visitas a los que piensas que interesan, y cuando llega el adecuado lo valoras, negocias y lo cierras lo mejor que se pueda. Casi nadie contrata este servicio, pero me parece de lo más útil, la verdad. No saben el trabajo que lleva comprar, y la jungla que es. Pisos que no tienen los papeles en regla, acuerdos que luego se rompen; hay que andarse con pies de plomo. Rosa había cerrado ya un trato para comprar un apartamento en Tirso de Molina, el propietario se había echado atrás, por lo que andaba ya un poco desesperada; perder el tiempo era justo lo único que no quería.

Estuve con ella el otro día en El Corte Inglés. Le había ayudado después también con la reforma del piso que había comprado —aunque no es ya mi negocio, ella quería que me ocupara y lo hice encantado— y un aire acondicionado no iba del todo bien. Estuve llamando al constructor que nos había hecho la obra, y nada, no había manera de que nos hiciera caso, así que, ante la perspectiva de estar persiguiéndolo para que nos atendiera, le propuse a Rosa mirar a ver si nos lo podían solucionar en los grandes almacenes.

Quedamos antes a tomar unas croquetas y un caldito en Lhardy. Ya no es lo que era, pero sigue mereciendo la pena. Me tomé una media combinación, que es un cóctel muy de aperitivo: ginebra y vermú a partes iguales, un pelotazo en toda regla. No suelo beber por la mañana, pero este brebaje antiguo, como de señora mayor, me resulta entrañable. La Tiuca, hermana de mi abuela materna, Matilde, a la que no llegué a conocer, se tomaba uno antes de comer todas las mañanas, y vivió noventa años.

Después nos acercamos a El Corte Inglés de Sol. Era al mediodía, así que no había mucha gente en la planta de grandes electrodomésticos. Dimos una pequeña vuelta, encontramos los climatizadores y nos dirigimos hacia el mostrador.

—Buenas tardes, queríamos un aire acondicionado.

—Pues están ustedes justo en el lugar adecuado —nos dijo el vendedor levantando la cabeza mientras cerraba una carpeta.

El clásico comercial de los buenos de El Corte Inglés es una raza que está por encima del bien y del mal, superior. Traje en tonos pardos, lo mismo que la corbata, todo muy conjuntado sin ningún detalle que pudiera desviar la atención, tupé moldeado —si no iba a mi nuevo peluquero, poco le faltaba— y ese puntito servicial con una dosis de socarronería medida a la perfección. Una sinfonía de virtudes comerciales, un modelo a seguir, una combinación sublime de firmeza y mano izquierda. Y, para terminar, una vez cerrado el trato, la traca final:

—Señora —por supuesto, se dio cuenta a los veinticinco segundos de que el cliente era ella y no yo—, a partir de ahora lo que va a ocurrir es lo siguiente. —Y le detalló cómo y cuándo se iba a realizar la instalación, en qué momento la iban a llamar para avisarla…, en fin, le describió al milímetro un engranaje que no tengo duda ninguna de que se desencadenó a la perfección, pues nunca volví a saber nada de ese aire acondicionado, que era precisamente lo único que yo quería. Esa frase pienso utilizarla sin parar de aquí en adelante, de verdad, fue magistral, una lección inolvidable: «A partir de ahora lo que va a ocurrir es...».

Como les iba diciendo, tomar algo es parte esencial también de los trasiegos inmobiliarios. El propio Juan lo explicaba de maravilla en el prólogo que le encargué:

> Hace diez años cambié de domicilio. Un día de diario estaba decidiendo si trasladarme a un piso cercano a la calle Gabriel Lobo. Tenía mis dudas, no me acababa de convencer. Me fui a dar una vuelta por el barrio y me encontré con un pequeño bar: Cervecería Alonso. Entré, pedí una caña y el camarero me ofreció unos callos especialidad de la casa. Acepté. Charlé con Julio. Me habló del barrio. Pedí otra caña. Me ofreció tres ostras. Acepté de nuevo. Creí levitar. Seguimos charlando. Filosofamos sobre las cañas y el arte de tirarlas, sobre lo que era o no era una tapa, sobre el hecho de pagar a escote... Pasamos una hora de palique. La cuenta de aquel día ascendió a muchos millones de las antiguas pesetas, ya que acto seguido llamé al vendedor del piso y cerramos la operación en un plis plas.

En otro plis plas vendimos su casa, y en otro más le encontré otra para que se mudara. Todo salió a pedir de boca, y lo celebramos, como no podía ser de otra manera, en Alonso, con unas buenas cañas, esos callos y unas ostras que nos hicieron, pues eso, levitar.

16

Esto de ser agente inmobiliario de éxito (con perdón) no acabo de verlo claro. Bueno, no es que no lo vea claro, es que lo de los triunfadores nunca me ha gustado, tiene algo de fanfarronería que me incomoda. El tema de si vendo o dejo de vender, de si me va bien o me va mal, procuro dejarlo al margen de mis relaciones personales. Aparte de que tampoco me parece ninguna proeza, no es que esté sobresaliendo entre los mejores ingenieros aeronáuticos del planeta, que digamos.

Pero claro, en el mundo profesional es un poco más difícil mantener la discreción, porque como RE/MAX es una empresa americana y todo el rato está sacando *rankings* y dando premios al que más factura, salgo a menudo al escenario. Es normal, y no solo lo entiendo, sino que además tengo que decirles que ahora ya me parece hasta bien. Me refiero a lo de hablar sin tapujos de dinero, porque si es de verdad de lo que se trata, por qué esconderlo. A pesar de la prohibición que pesaba sobre mi familia, al final una de las cosas que más me han acabado gustando de trabajar aquí es precisamente que se habla de pasta sin ningún pudor, lo cual tiene además la enorme ventaja de que no hay que hacerle la pelota a nadie, ni hay ninguna necesidad de ascender ni de nada. O facturas o te vas al cuerno, y ya está. Es como lo que dice mi amigo Nacho, que se fía mucho más de la prensa deportiva que de la otra: uno-cero, y no hay interpretaciones que valgan. A lo mejor están pensando que este sistema no es muy solidario, pero al menos es claro: capitalismo anglosajón en estado puro. Si llegas a facturar tanto en un año, pues hala, Premio de las Estrellas, y si alcanzas los nosecuántos mil, pues Club Cien por Cien, y otro tanto más, el Platino, y después el Diamante, y si a lo largo de los años sumas tropecientos mil, hasta te dan uno que se llama Hall of Fame, que se podría traducir como el Zaguán de la Fama, es decir, antesala ya de la gloria total, que no sé ni cómo se llama.

Te entregan unos diplomas impresos a todo color, con muchas estrellitas, y una medalla, y hasta unos trofeos, sin cortarse un pelo. Atesoro ya una buena colección de fotografías con el presi, Javier Sierra; hacemos una pareja muy graciosa. A mi madre le encantan cuando se las mando. Es un señor no demasiado alto y con algunos problemas de sobrepeso —no lo digo yo, por supuesto, jamás osaría, es él quien siempre en sus discursos de apertura de las convenciones hace alusión a sus dificultades para adelgazar, y a los estrictos regímenes que sigue—. Tengo con él una muy buena relación. Resulta que su abuelo, el notario Sierra, era muy amigo del mío. Se conocían de sus congresos de notarios, y mantuvieron una buena amistad. Con esa excusa entablamos conversación al coincidir cuando entré en la empresa, y desde entonces siempre nos entretenemos un rato cuando nos vemos. Es un tipo realmente simpático.

Lo de los premios parece una chorrada, pero a uno le acaba gustando que se los den. A fin de cuentas, no deja de ser un reconocimiento a tu trabajo, y eso no está mal, ¿no les parece? Debo confesar que hasta termina uno volviéndose un poco vanidoso, como que acabas pensando en ello: que si este otro agente me ha pasado, que si con esta venta subo dos puestos... Para eso lo hacen, supongo. La vanidad resulta de lo más peligrosa, hay que ser muy precavido con ella.

Los premios se entregan en las convenciones que se celebran anualmente. Nos reúnen a todos los agentes y nos dan charlas de esas motivadoras del tipo «Aprovecha que estás vivo y dale un fuerte abrazo a tu madre la próxima vez que la veas, ya verás lo bien que te sientes». Ya saben la importancia que tiene en las empresas el mundo de la autoayuda y todo ese rollo. Y lo del coaching, y las frasecitas hechas como «Los valores nos diferencian». O lo de los sueños. Todo el día con lo de los sueños, es una obsesión. «Ven con nosotros a cumplir tus sueños», o «Haz realidad la casa de tus sueños», o «Sueña con los ojos abiertos»...; es que me revienta. En fin, ya saben, lo del marketing.

Durante la convención, tras las entregas de premios, se celebra una cena de gala en la que hay que ir casi de boda, las chicas con tocados y plumajes, y los chicos de traje. Pero la traca final es la fiesta de disfraces. No saben cómo aborrezco las fiestas de disfraces, creo que es lo que más odio del mundo después de las fiestas sorpresa. Ya he acabado disfrazándome en tres ocasiones, porque, claro, si no quieres ser un bicho raro y un soso, hay que seguir la corriente. Y encima las hacen temáticas, para terminar de rematarlo. *Vacaciones en el mar*, los ochenta... ¡*Vacaciones en el mar*! Se lo juro. Es horrible. Lo paso fatal, aunque la verdad es que más al pensarlo antes, mientras se avecina el evento, que luego, cuando ya estoy metido en harina. Siempre me pasa lo mismo. Cuando lo pienso con antelación me dan escalofríos, aunque una vez estoy en ello pues no lo paso tan mal. Incluso hasta bien, pero no aprendo, los sofocones de los días previos, imaginando al personal vestido de blanco, con los pantalones cortos y la gorra de marinero, no me los quita nadie.

Además, luego los agentes de cada una de las oficinas suelen ir disfrazados en grupo, dentro de la propia temática de la veladita. Es decir, que hay subtemáticas. Y a la mía, el año de *Vacaciones en el mar*, no se le ocurrió nada mejor que comprar en un chino unos disfraces de bañistas antiguos, los típicos trajes de baño de rayas rojas y blancas con tirantes, talla única, y claro, con lo grandullón que soy se me salía el cuerpo por todos lados, y como yo soy un hombre de pelo en pecho, o sea, no en el sentido figurado, sino..., bueno, prefiero no entrar en detalles, me entenderán. Fue terrible. Este año el tema es los dioses del Olimpo, para que vean. No quiero ni imaginármelo.

A la que sí que me gustaría ir es a la convención mundial de RE/MAX en Las Vegas. Me encantaría conocer esa ciudad. Me fascina la idea de ese decorado gigantesco, en medio del desierto, de esos anuncios luminosos, hoteles y casinos llenos de tragaperras. No quiero dejar este mundo sin haber ido a Las Vegas. Lo tengo entre ceja y ceja desde que leí *Aprendiendo de Las Vegas*, el libro de Venturi; ese mundo pop me divierte muchísimo. Un año de estos voy a apuntarme, debe de ser la bomba, miles de agentes inmobiliarios de todo el mundo, allí a premio limpio; he visto imágenes y es como los Oscar, pero en versión *Real Estate*. He pensado que cuando llegue al Hall of Fame nos vamos a ir allí Lolita y yo para que me lo entreguen.

Aparte está el objetivo de que nos conozcamos mejor y tal, que a las empresas les encanta. Eso del buen ambiente, y del equipo, que estemos más contentos, y nos mezclemos, y colaboremos entre nosotros, trabajemos juntos, lo fomentan mucho. A mí me da un poco cien patadas, la verdad. Lo que me pasa realmente es que no me gusta nada trabajar en equipo, ni la cultura corporativa, ni nada de todo eso. Ya sé que estoy equivocado, que es una tontería, que es mucho mejor ser más abierto y adaptarse a la manera de hacer de los demás, y que lo que sucede en realidad es que pienso que nadie lo hace mejor que yo, y es un error. Pero si yo estoy bien así y me va bien, ¿por qué narices tengo que trabajar en equipo? Pues no me da la gana, y punto.

De lo que estoy casi seguro es que con toda esta historia de las convenciones y las fiestas se debe de ligar un montón. Estamos todos ahí metidos en un hotel, como quinientos creo que éramos la última vez, y debe de haber todo tipo de líos. Yo la verdad es que nunca me he enterado de lo del ligoteo, siempre me han pasado los tiros silbando, si es que los ha habido. Lo que sí que tiene mucha gracia, he de reconocerlo, es que como todos somos autónomos y no tenemos sueldo, y si no vendemos no vemos un duro —lo que se llama ahora ser emprendedor—, se palpa en el ambiente cierto gusto por la libertad, porque nos organizamos el tiempo como queremos, y porque en realidad lo que nos gusta es no tener jefe, y eso, de alguna manera, se nota. Imagínense a quinientos emprendedores y emprendedoras, ya talluditos y talluditas, en un hotel en Canarias, un sábado por la noche disfrazados de *Vacaciones en el mar*. Sería muy distinto a que fuéramos empleados de banca o de una aseguradora. Es una actitud más como de que me lío la manta a la cabeza y tiro para delante, y que sea lo que tenga que ser. Ni sueldo, ni nada, pero que te quiten lo bailado.

Algo más que tenemos en común los agentes inmobiliarios es que nuestra media de edad es muy alta. Como de cincuenta. Si le preguntas a un niño qué quiere ser de mayor, pues te dirá lo típico de que quiere ser bombero o astronauta, pero rara vez que le gustaría ser agente inmobiliario. Con pocas excepciones, como la de Iván, es esta una profesión de segunda oportunidad, de reciclados, de gente con experiencia y con un pasado. Y como siempre, hay de todo. Me he encontrado con empleados de banca y con maestros, con seminaristas y actores porno, con arquitectos e ingenieros. No se excluye a nadie, todo el mundo tiene su oportunidad, y a mí eso es algo que me da que pensar. Me parece una empresa muy abierta. Y al final se nota. Y me gusta.

Hay una última cosa que quería decirles. Creo que a estas agencias inmobiliarias, o por lo menos a la mía, debería darles un premio la Seguridad Social, o el INEM, o lo que sea, porque no se figuran la cantidad de gente que se reinserta en el mercado laboral gracias a ellas. Como sabrán, una persona de cierta edad —pongamos que a partir de los cuarenta años—, que se ha quedado en paro, y que, como está pasando tantas veces, se dedicaba a algo que ya no existe, tiene escasas oportunidades de volver a conseguir un empleo. Y si es una mujer, más difícil todavía —no saben cuántas hay y lo bien que se les da este trabajo—. El perfil, que se llama, es más bien poco atractivo para las empresas, que suelen buscar jóvenes a los que pagan un salario mínimo (en el mejor de los casos), que viven en casa de sus padres, y no tienen nada mejor que hacer que currar doce horitas diarias, y encima aplaudiendo con las orejas. Bien, pues en mi agencia inmobiliaria se da una oportunidad a toda esa gente que se ha quedado descolocada, que no sabe muy bien qué hacer y que tiene, sin embargo, mucho que aportar. No digo que sea ningún chollo ni nada, no es un asunto fácil esto de hacerse agente inmobiliario, hay que currar a destajo, no tener problemas con arremangarse de verdad, y, bueno, lo dicho: si facturas, bien, y si no, al hoyo de los agentes frustrados, que es ancho y profundo. Pero también hay algunos a los que les va bien y encuentran una nueva oportunidad. Y esto, pues qué quieren que les diga, me parece que tiene un alto valor social.

17

Los días de finales de junio son de los mejores para ir a Mojácar: calorcito justo para no achicharrarse en la playa y fresco suficiente por la noche para dormir con manta. Nos escapamos Lola y yo en cuanto podemos, el fin de semana cunde mucho aunque el viaje sea un poco largo.

Intento repostar siempre que puedo en Pozo Cañada, un pueblo pasado Albacete viniendo de Madrid, en una gasolinera que llevan dos hermanos de lo más simpáticos. Últimamente tienen una oferta irresistible. Te echan gasóleo del bueno, ese que dicen que es muy beneficioso para el motor, que se suele llamar *power energy* o algo así, y te lo cobran al precio del normal. Tampoco es que sea un ahorro gigantesco ni que me importe un pimiento la calidad del combustible que le echo a mi utilitario, pero te lo suelta el tío mirándote a los ojos, como diciéndote: «Tengo una oferta que no vas a poder rechazar», de una manera tan graciosa…

Enfrente de esta gasolinera hay un bar en el que también son muy amables. Con lo espantosas que son las cafeterías de las áreas de servicio de las autopistas, este es un auténtico remanso de paz. Suelen estar allí los lugareños con su partidita de mus, y entra de vez en cuando algún despistado al que, si quiere algo, sirven encantados, pero vamos, que tampoco les va la vida en ello. Y tiene además unos cuartos de baño limpísimos, con unas ventanas y una luz natural que son un gustazo. Merece mucho la pena esta parada, aunque haya que hacer la travesía completa del pueblo, una recta muy larga con varios semáforos en ámbar intermitente, en la que podría uno perfectamente esperarse divisar a lo lejos a Gary Cooper desenfundando su revólver para abatir a decenas de forajidos, solo ante el peligro.

El otro sitio en el que suelo parar es el restaurante Juanito, en Minateda, también en la provincia de Albacete pero más cerca ya de Murcia. Tiene un aparcamiento gigantesco lleno de camiones estacionados, buen signo ya, como bien me decía mi abuelo. Sirven un sencillo menú en un comedor gigantesco, totalmente desangelado, en el que retumban varios televisores enormes. Suele estar puesto a mediodía el telediario de la primera cadena, que sigue una buena prole de comensales solitarios. El jefe, el propio Juanito, es un tipo serio, casi arisco, de aspecto tan honesto como los platos que canta con un ímpetu marcial, siempre los mismos. De primero: hervido, menestra de cordero, sopa de picadillo, ensalada (silencio, hay que elegir para que continúe); de segundo: emperador, cordero, pollo al ajillo, muslo de pollo deshuesado… De las pocas veces que pude distinguir una leve sonrisa en su cara fue un día que paramos con los niños y le dijo a nuestro hijo Juanito al oírnos nombrarle: «Tú eres mi tocayo».

Eso fue años atrás. Hace tiempo que los dos mayores no nos acompañan en estos viajes, y Coloma, la pequeña, se resiste ya también todo lo que puede, lo cual me parece estupendo. Quiero decir que si quieren venir con nosotros, fantástico, pero si no, también. No sufro el síndrome del nido vacío, más bien al revés. Sinceramente, me parece muy sano que los niños —siempre serán «los niños», por más que empiecen a ser mayorcitos; todos seguimos siendo «los niños» para nuestros padres— tengan sus propios planes, y estoy convencido de que lo más sano para cualquiera es emanciparse cuanto antes. Mi principal objetivo ha sido siempre ayudarlos a que sean autosuficientes, a que tengan su propio criterio para poder ir eligiendo lo mejor posible. El resto se transmite inevitablemente *estando* como uno es, ya irán aprendiendo con la convivencia lo que les interese, pero nunca le he dado vueltas a si estaba educándolos bien o mal. Me he limitado a hacerlo lo mejor que he podido, con toda la ilusión del mundo. Son los tres estupendos, y desde luego muy cariñosos.

Este último fin de semana, Lola y yo llegamos a Mojácar al caer la tarde, hicimos la compra y nos subimos a casa, donde nos esperaba una sorpresa: una familia de gorriones se había alojado en la chimenea de nuestro calentador de agua, que tenemos instalado en la terraza. Menos mal que no lo encendí nada más llegar por la noche —no suele hacer mucha falta en esta época del año, sale el agua templada—; los pajaritos estaban durmiendo, no había signos de su presencia, y los habría achicharrado. A la mañana siguiente, cuando nos despertó un pajareteo alarmante, descubrimos el nido alojado en el conducto.

¿Qué hacer? Googleé en busca de una solución que preservara las aves —un consejo de un ornitólogo o algo así, supongo—, pero un deshollinador fue lo más suave que me propuso el Gran Hermano.

A mí no me importa ducharme con agua fría ahora, y aunque Lola es más friolera, de momento decidimos dejar el nido y por supuesto no encender el calentador. El problema era que al cabo de un par de semanas llegaba Nekane, nuestra corresponsal de este año. No les he contado que estamos metidos en una web de intercambio de casas, una especie de trueque inmobiliario. El verano pasado estuvimos toda la familia en un pueblo precioso de la Toscana, y el próximo vamos al País Vasco. La gracia de este sistema es que las casas se prestan como se viven, y si la cisterna se queda enganchada, pues se queda enganchada. Tendré que avisar a Nekane, y que haga ella lo que le parezca; si siguen allí las crías y prefiere calcinarlas que ducharse con agua templada, porque fría no sale, allá ella con su conciencia. De todas formas, volveremos el próximo fin de semana a ver cómo han evolucionado. A lo mejor ya se han ido de casa.

Durante la semana tuve por casualidad otros líos de calentadores de agua. ¿No les pasa que a veces de repente están años sin oír una palabra y luego la oyen varias veces el mismo día? O, no sé, que algún acontecimiento excepcional se repite de manera fortuita muy seguido. El otro día, sin ir más lejos, vi dos coches circulando con una rueda pinchada, uno por la mañana y otro por la tarde. Me llamó la atención en ambos casos el ruido de la rodadura del neumático aplastado sobre la calzada, y al darme la vuelta observé el movimiento de la rueda a cámara lenta. Pues durante la semana que pasé deseando que las crías de gorriones abandonaran mi calentador de agua tuve que lidiar con otros dos aparatos similares.

El de la casa de Madrid está ya muy viejecito, y cada dos por tres me toca llamar al servicio técnico para que venga a arreglarlo. Nos tenemos que duchar a toda prisa porque a los dos minutos empieza a salir el agua helada. Menos mal que los del seguro de la compañía suministradora vienen enseguida a hacerme un apaño. En esta nueva ocasión me amenazó ya el operario con precintarlo, aunque al final me perdonó la vida y lo dejó funcionando. Tendría que poner uno nuevo, pero para cambiarlo habría que hacer obra, y no me merece la pena, porque llega próximamente a su fin mi contrato de alquiler, y aunque el casero me ha dicho que no va a haber ningún problema estoy con la mosca detrás de la oreja.

Llevamos viviendo en esta casa casi veinte años. Nos gusta mucho, es amplia y cómoda, tiene unos techos con unas escayolas de primera, y está en pleno centro, en una calle preciosa. En el edificio, que pertenece entero al mismo dueño, más de la mitad de los pisos están ya destinados al alquiler turístico, y a buen seguro las empresas que los explotan pagan una renta mucho más alta que la mía. No vean el trasiego de forasteros que hay en el portal, estoy del ruidito de las ruedas de las maletas hasta la coronilla. Y por mucho que Adrián, el portero de la finca —uno de los tipos más simpáticos, amables y educados que conozco—, haya puesto un hermoso cartel en perfectos castellano, inglés, francés y seguramente correctísimo alemán, no caen los amables huéspedes en que al salir del ascensor hay que cerrar las puertas. En los hoteles suelen ser automáticas.

Entre el calentador de Mojácar y el de casa me pidió un cliente que si le podía hacer el favor de acercarme a abrir la puerta de su piso, que tengo a la venta, al técnico que iba a hacer la revisión anual de su caldera. Aunque este tipo de recaditos no entra dentro de las competencias de un agente inmobiliario, tampoco me importó demasiado, ya que me quedaba cerca de casa. Allí estaba el operario como un clavo en el portal a las nueve de la mañana, con su carrito de herramientas y su uniforme, el logo de la marca del aparato relucía por todos lados. Mientras hacía su trabajo aproveché para ventilar y abrir los grifos de los cuartos de baño.

A la media hora ya le pregunté al tío qué narices estaba haciendo. Cuando acepté el encargo pensé que sería cosa de cinco o diez minutos, a la vista de lo que suelen tardar en hacerme a mí la revisión, pero no vean lo minucioso que era el hombrecito. Después de que me contara todos los filtros que le limpiaba, y con el mimo y cuidado que la trataba, no pude por menos que decirle que los de mi seguro no hacían su trabajo ni la mitad de bien que él. Acabáramos. Empezó a despotricar de las compañías suministradoras, no tenían ni idea de lo que se hacían, ni les importaba un pimiento que la caldera funcionara bien o mal, ni conocían los aparatos como él, que llevaba más de quince años trabajando para la misma marca y se los sabía al dedillo. Yo, por supuesto, me rendí a sus pies, y me prometí a mí mismo rescindir inmediatamente mi contrato de mantenimiento actual para ponerme en sus manos —mi calentador era de la misma marca que la caldera de mi cliente—, promesa que no he cumplido. Con tal de no llamar a una compañía suministradora, sea de lo que sea, soy capaz de cualquier cosa.

Los pajaritos habían volado cuando volvimos a la semana siguiente. Todos menos uno, al que se le había enganchado una pata en un hierro de la caldera, y ahí se había quedado el pobre. Para desmontar el tinglado me subí a un taburete fantástico de madera maciza que habían dejado los anteriores dueños de la casa. Miles y miles de briznas habían usado. Qué meticulosos son esos gorriones, es un prodigio. No deja uno de asombrarse con esas tecnologías tan sofisticadas.

Los señores que nos vendieron el apartamento de Mojácar, los dueños originales del taburete en cuestión, eran unos amigos de mis padres, los Bonet. Se habían hecho ya mayores para subir sus empinadísimas escaleras. Nos los encontramos un día en un restaurante, nos dijeron que lo vendían y cerramos el trato enseguida. Me los cruzo de vez en cuando en Madrid, por el barrio; viven al lado de casa, en Malasaña. Ya deben de ir acercándose a los noventa, al menos él. Antonio es un insigne historiador del arte; su mujer, Monique, una francesa muy francesa. Siempre he pensado que se quedaron encantados de vendérnoslo *a nosotros*, por el rollo ese de que éramos conocidos y lo íbamos a apreciar, aunque probablemente fueran imaginaciones mías. Cada vez que los veo me preguntan por su apartamento.

«¡Cuántos libros he escrito yo en esa terraza!», suele decirme Antonio, evocando esa vista inolvidable, que es ciertamente de las buenas de verdad. Las sombras de las nubes corretean sobre el amarillo de la tierra y se deslizan sobre el azul del mar.

El apartamento es una auténtica delicia. Está en un edificio de finales de los años sesenta, época en la que el ayuntamiento regalaba solares en el pueblo a quien los quisiera desarrollar. La provincia de Almería venía de una terrible travesía del desierto —esta de las serias, no como la de los agentes inmobiliarios—. Su árido y amplio paisaje se cuece ahora salpicado de adosados en los que se torran jubilados de media Europa, pero durante unas no tan lejanas décadas sus habitantes tuvieron que emigrar a Argelia o Alemania para poder subsistir, huyendo de la miseria y el hambre.

El campo almeriense gravita en torno a sus cortijos, que no tienen nada que ver con los andaluces en los que se imagina uno al señorito de Jerez de la Frontera. Inspirándose en esos sencillos cubos proyectó estos apartamentos el arquitecto Roberto Puig, un personaje curioso, hippie de los antiguos que se retiró a Mojácar para interpretar su arquitectura popular. En la ladera del pueblo —aupado en un alto, ahora blanco, antes del color de la tierra del lugar— plantó unos cuantos de estos paralelepípedos, y aprovechando las posibilidades que los nuevos materiales le proporcionaban —fundamentalmente la flexibilidad del acero—, los hizo ingrávidos mediante unos intrépidos voladizos. El techo de cada uno de estos cortijos volantes, que se van desplazando uno respecto al otro para adaptarse a la montaña, es la terraza del que tiene encima.

Con el apartamento de Mojácar siempre hemos estado muy contentos, pero las pasamos canutas cuando empezaron a subir los tipos de interés. Lo compramos justo en el peor momento, poco antes del final del *boom* inmobiliario. Picamos como bobos y caímos en la trampa. Comenzó la crisis, y a la vez que nuestros ingresos fueron menguando, la cuota de la hipoteca se duplicó, y luego ya cuando bajaron los tipos esos de interés apareció la famosa cláusula suelo que alejó cualquier atisbo de alivio para nuestra maltrecha economía familiar. Intentamos vender pero nos costaba dinero, así que tuvimos que aguantar no sé ni cómo, pero ahora lo disfrutamos de lo lindo. Tiene además una cochera. Aunque en Mojácar no sea muy difícil aparcar, salvo en temporada alta, la sombra es fundamental, como muy bien decía Antonio el día de la notaría. Y encima en mi cuarenta cumpleaños la familia me regaló una puerta motorizada, con su mando a distancia y su plaquita solar, porque en la cochera no había electricidad, en fin, una virguería. No vean el gusto que da abrirla y cerrarla.

El apartamento lo mantenemos intacto, tal y como nos lo entregaron, con sus finas ventanas de hierro de color verde y su baldosa catalana, y guardamos como oro en paño todos los objetos que allí dejaron sus anteriores propietarios: un artilugio metálico para poner las servilletas de papel, unas jarapas preciosas o un almizclero de madera antiguo, con una paloma tallada que le encanta a Liberio, el carpintero del pueblo, un tipo al que tengo un cariño especial. Hace honor a su nombre como nadie: es pequeñito pero está cuadrado, con una carita como de cría de gorrión, y no lo digo porque acabara de verlas de cerca en la caldera, sino por su nariz afilada y sus profundos ojos achinados. Es un gusto bucear en su diáfana mirada.

Subo a veces a verle a la tienda de cerámica que tiene Amalia, su mujer, aunque no tanto, porque se puede uno pasar la tarde entera con él, no vean lo que charla el tío. Heredó de su padre la carpintería del pueblo, se ha pasado trabajando en ella toda la vida, y ahora ya está jubilado. Hablamos a menudo de las cosas que interesan, como del escaso respeto que se tiene en nuestros días al líquido elemento. Ahora limpian las calles con la manguera, me contaba el otro día, vaciando un depósito que se llena con una bomba, y como él ha visto a las mojaqueras subiendo la Cuesta de la Fuente, que no es poco empinada, con los cántaros en equilibrio sobre sus cabezas, le da una rabia horrible. Con las desaladoras hay ahora agua para todos, hasta en verano, cuando la población se multiplica, y se han olvidado los ingeniosos sistemas de riego, a manta o por boqueras, y abandonado los aljibes, los pozos y las minas de agua, que vertebraban este territorio semidesértico. Y puede que algún día nos vuelvan a hacer falta.

Ahora ya no hay talleres en Mojácar, ni de carpintería ni de nada; el año pasado cerró la última ferretería que había en el pueblo y solo quedan tiendas de *souvenirs*. Al final está pasando lo mismo en todos lados. Va desapareciendo la vida local de los pueblos y de las ciudades.

Hace unos años cerró también la última ferretería que había en la madrileña calle Fuencarral, otra de las antiguas carreteras de salida de la ciudad que ahora es una arteria comercial. Pasaba yo por allí a diario y me puse a hacer fotos de su fachada, «al modo del personaje de Harvey Keitel en la película *Smoke*, aunque con un pelín menos de constancia y precisión», como atinadamente escribió un periodista de *El País*. Durante los meses que estuvo el local en busca de inquilino, anuncios de eventos y acontecimientos fueron empapelando las espaciosas lunas de sus escaparates, formando un curioso reflejo de la vida del barrio. Al final se instaló en el establecimiento una cadena de ropa interior femenina, Women'Secret, las bragas sustituyeron a las chapas metálicas en su fachada.

Vi el proceso de principio a fin porque pasaba por delante cuando iba a nadar a la piscina. Una hernia discal me había apartado del baloncesto. Lo pasé fatal, no saben lo doloroso que es, afecta a los nervios de las piernas, la famosa ciática que le deja a uno casi inválido. Estaba a punto de resignarme a pasar por el quirófano cuando un compañero del equipo me recomendó que fuera a ver a Evelyn, su quiropráctica, una especialista en corregir las desviaciones de la columna. Es esta una disciplina muy misteriosa, no sé si la conocerán; los traumatólogos echan pestes de ella, pero a mí me vino de perlas, hasta me curó la hernia. Estuve yendo a su consulta todas las semanas durante muchos meses. Lo que hace es darte unos golpecitos en la espalda con unos percutores muy extraños, y luego crujirte los huesos del cuello y de la espalda como si te los desencajara. Y lo que sí que te dice es que tienes que ponerte a nadar, y yo, que soy muy obediente, y si me pongo en manos de alguien no discuto nada y hago caso de todo, me curé. Confié en ella porque se fue cumpliendo todo lo que iba diciendo, como el dependiente de El Corte Inglés que nos atendió cuando fui con Rosa a por el aire acondicionado: a partir de ahora lo que va a ocurrir es lo siguiente...

Le cogí mucha afición a eso de nadar. Superada la pereza que me daba el áspero ambiente de los vestuarios, sustituyó al baloncesto, aunque nunca llegará a ser lo mismo —jugando al basket te olvidas de todo, nadar es más introspectivo—. Empecé a ir a la piscina regularmente, tanto que he acabado haciendo travesías, esta vez en aguas abiertas. Todos los veranos, este ya es el cuarto, Lola y yo recorremos los tres kilómetros que separan el puerto de Guetaria de la playa de Zarautz, en Guipúzcoa. La primera vez nos pareció heroico, ahora ya nos va resultando más de andar por casa, al menos a mí. Este año hemos hecho también la del Paseo Nuevo de San Sebastián: se sale de Gros y se llega a La Concha; es un asunto más serio, mar abierto de verdad, más de lucha contra los elementos.

Me hizo mucha ilusión pasar a nado por delante de la terraza en la que tomaba el aire con mi abuela.

18

A las tareas directamente relacionadas con la actividad diaria del agente inmobiliario —ya saben, charlitas a discreción, visitas a los inmuebles o prospecciones y posicionamientos diversos—, se suman las habituales del autónomo: resolución de las inevitables crisis informáticas, la pesadilla del cambio de compañía telefónica, el paseíto a comprar folios al chino, o atender al fontanero si la cisterna de casa se estropea. Lo peor de todo es cuando te entra un virus en la página web. Es algo insólito, desconcertante, no entiendes cómo es posible que te pueda ocurrir, pero a veces sucede; serán plagas diseminadas por los propios encargados de curarlas, no tiene otra explicación. Cuando se te cuela uno se produce una catástrofe. Tu *website* deja de funcionar, Google te borra del Mapa del Imperio sin mediar palabra y te empieza a mandar mensajes apocalípticos más agresivos que las terroríficas notificaciones de Hacienda. Se le pone a uno un mal cuerpo horrible y le gustaría salir corriendo, si fuera posible a otro planeta, con o sin vida alienígena.

Gonzalo estaba seguro de haber visto un ovni. Contaba muy alegremente cómo un día, en Castro Urdiales, donde veraneaba de niño durante la época en que su padre tuvo la notaría en Bilbao, en una cala a la que se entraba a través del tronco de una higuera, apareció el platillo volante, se quedó un buen rato estacionado delante de sus narices y desapareció en un abrir y cerrar de ojos. Lo contaba así, tal cual, aclarando siempre que le daba igual que le creyeran o no, que él estaba *absolutamente seguro* de haberlo visto. Mi padre era hombre de muy pocas certezas, por no decir casi ninguna, así que siempre me pareció una suerte que viviera con esta.

Si yo fuera un extraterrestre y quisiera visitar Madrid, aterrizaría en el parque de las Tetas de Vallecas. Es un excelente lugar para disfrutar de una de las mejores vistas de la ciudad —no abundan los buenos miradores, es difícil observar Madrid en su totalidad—, y, aparte de lo maternal de su denominación, la historia sobre la que sus ondulados montículos se asientan le proporciona una energía especial. Desde principios del siglo XX, al sur de la capital se fueron estableciendo miles y miles de emigrantes que iban a trabajar y no tenían dónde vivir. En las huertas de Palomeras se podía comprar una parcela de suelo rústico sobre la que construir un hogar. Así fueron surgiendo las típicas casitas bajas de ladrillo que formaron barriadas espontáneas, sin equipamientos ni servicios, escondiéndose de la autoridad. Fue durante los años cincuenta y sesenta cuando se instalaron allí.

Llegó la democracia y se produjo una intensa reacción de la muy activa vecindad. Argumentaba que Madrid tenía pendiente con ellos una deuda social, ya que les había dado trabajo pero no una vivienda digna en la que habitar. La administración socialista, recién instalada entonces, impulsó una ambiciosa operación de realojo que exigió medios administrativos y técnicos colosales. Fue una auténtica labor de ingeniería social. Primero se expropiaba el terreno sobre el que reposaba la vivienda. El ocupante podía acceder a un nuevo piso con el dinero recibido. Una vez firmada la operación, llegaba el día del desalojo. En una misma mañana, los habitantes sacaban todas sus cosas, se acordonaba la zona, y se derribaba el hogar para evitar que pudieran coexistir las dos construcciones y producirse *okupaciones* que dilataran el proceso. La nueva morada estaba lista, esperando a las personas desalojadas, para que pudieran pernoctar ya esa misma noche.

Arquitectos y urbanistas de prestigio trazaron el barrio de bloques en altura y grandes avenidas que es hoy Palomeras. Crearon un nuevo conjunto de viviendas de protección oficial. Sobre la ladera reservada para las zonas verdes se encontraban los escombros de las antiguas casitas, junto a los restos de unas canteras de arcilla que abastecían a las fábricas de cerámica que había justo debajo, en los terrenos que hoy ocupa un barrio de taxistas. El arquitecto Manuel Paredes, con muy poco dinero, modeló el terreno transformando aquellos voluminosos desechos en unas suaves colinas.

Las Tetas de Vallecas son hoy un símbolo del ingente proceso urbano y social que transformó ese trozo de ciudad, además de una grada privilegiada desde la que sentir toda la tierra rodar, en una tarde de total vagabundaje, y si puede ser chupando una cachacita, como dice el poeta. A nuestros pies, el océano de tejados. Solamente la silueta de las cuatro torres de Florentino Pérez interrumpe la de la sierra, de la que proviene la exquisita agua del grifo que los madrileños tenemos la suerte de disfrutar.

La otra única certeza que recuerdo haber oído a Gonzalo era la de la muerte. La conocía, decía, desde los siete años, que como todo el mundo sabe es la edad exacta en la que abandonamos la infancia infinita, visualizamos por vez primera lo acotado de nuestra existencia y pasamos a adquirir el uso de razón. Quizás el hecho de que llegasen a coincidir en tiempo y espacio esa toma de conciencia suya con aquella extraterrestre visión influyera más de lo que yo pensaba en su poética interpretación de la vida.

Estando en la mili le preguntaron si alguien sabía hacer una revista, y dio un paso al frente que sería determinante. Después de acabar la carrera de Filosofía y Letras fundó *Trece de Nieve*, y, con la llegada de la democracia, el recién estrenado Ministerio de Cultura creó una nueva publicación periódica de la que le nombró director, cargo que conservó toda la vida. *Poesía. Revista Ilustrada de Información Poética* tuvo una trayectoria extensa y variada. A lo largo de más de veinticinco años salieron cuarenta y cuatro números de lo más variopintos, todos ellos impregnados, pues eso, de poesía. Y a destajo, como él mismo decía. No se trataba de una poesía solo de versos, que también, sino de otra mucho más cotidiana y nada extraordinaria. Siempre lo decía: «Poesía» viene del griego *poíēsis*, que significa «creación», «producción». Crear, hacer. Gonzalo vivió siempre por y para la poesía, inmerso en ella, todos los días de su vida, y en su revista halló el refugio perfecto.

Vivimos en una época en la que lo que se lleva es que todos y cada uno de los individuos nos sintamos únicos, al menos en esta parte adinerada del globo en la que nos encontramos. La tecnología permite personalizar hasta el último detalle millones de aparatos idénticos. Sospecho, sin embargo, que al final somos todos mucho más parecidos de lo que creemos, al menos en lo que a las emociones y sentimientos respecta, que al fin y al cabo es de lo que se trata. Y que nos diferenciamos tan solo en una pequeña proporción, que, bien es cierto, nos distingue y nos hace completamente diferentes. Cualquiera puede permitirse tener la tentación de creer que es distinto a los demás, o de que su familia lo era.

Durante un verano de mediados de los noventa surgió uno de los apodos con los que nos llamaba cariñosamente María, una buena amiga de la familia: «los inhumanos». Le mando un wasap a Belén y le pregunto por qué, y me dice lo siguiente: «Familia de grandes, mucha bulla, excéntricos». Le pido aclaraciones: «Los Armero le sobrepasábamos un poco, íbamos todos en el Dos Caballos, en el que lográbamos caber nosotros cuatro y ella con sus dos niños, y nos lo pasábamos bárbaro, pero eran siempre unos días excesivos».

Lo que yo recuerdo es que se vivía la vida a tumba abierta. No se reparaba en gastos, si había dinero, claro. Las vacaciones, las comidas eran magníficas y para todos, no solamente para los mayores. Había unas fiestas de lo más animadas en casa, en las que éramos bienvenidos hasta que llegaba la hora de acostarse. Teníamos unos *babysitters* divertidísimos, que venían con sus amigos a cuidarnos. Tomaban posesión del equipo de música y de la caja, un viejo mueble mostrador de madera comprado en el rastro que hacía las funciones de mueble bar, presidida por un busto de Federico García Lorca —«el tío Federico»— tocado con un gorro de baño. En la entrada de casa, una buhardilla de techos muy altos, había un maniquí que se llamaba Felipe, a quien se saludaba amablemente siempre que por allí se pasaba, y con el que se contaba para muchas decisiones importantes. Custodiaba él la puerta de un pequeño cuartito de invitados, que llamábamos el de los Feo, porque en él había vivido durante años una familia al completo que así se apellidaba.

Nos visitaban a menudo amigos de lo más peculiares: Justo Alejo, un poeta que trabajaba en el cercano Ministerio del Aire y llegaba a casa vestido de uniforme con un ramo de flores, o Leopoldo María Panero, que salía del manicomio de vez en cuando —según mi padre, volvía locos a los psiquiatras porque era mucho más inteligente que ellos—, cuyas visitas me asustaban mucho, pues era muy escandaloso.

La frase que mejor lo puede resumir quizás sea la que oyeron un día Gonzalo y Belén en un bar por casualidad. El carpintero que trabajaba en la obra del cortijo estaba allí de charla con un compañero, y no se había percatado de la presencia de sus clientes. Le contaba que mis padres se habían ido a un desguace a comprar viejas puertas y ventanas de madera que debía restaurar para ponerlas en la casa, y el pobre lo estaba pasando fatal, porque era mucho más trabajo que hacerlas nuevas. Habían elegido para su dormitorio unos ventanales de un antiguo palacio, tan altos que hubo que subir el techo de la casa para colocarlos. El carpintero, desconsolado, le susurró entonces a su acompañante: «Los ves y son *normales*, pero luego…».

19

Igual que yo, se había hipotecado con un pisito en la playa, justo en el año 2008, pocos meses antes de que se cerrara el grifo, un cliente que me escribió un mensaje de lo más atento a través de Idealista. Se veía desde el primer momento que era un tipo educado, muy educado. Daba las gracias continuamente. Estaba interesado en un piso en alquiler en el barrio de Salamanca, en la calle Ortega y Gasset: «Apreciado Jacobo: tengo interés en ver este piso la semana que viene. Me gustaría poder concertar una visita. ¿Me podría proponer alguna fecha y hora? Muchas gracias por su atención. Reciba un cordial saludo. Ignacio». Normalmente la gente te dice: «Quiero ver el piso», y ya está.

Pelo repeinado con gomina, mocasines de borlas, polo rosa, buena facha, con una sonrisa de oreja a oreja seguía dándome las gracias todo el rato y conseguía obligarme a pasar delante de él. No tenía yo un plano del piso, cuando debería —me parece un instrumento imprescindible para describir un inmueble—. Levantamos uno entre los dos, yo pintaba mientras él me iba dando las medidas.

Tenía una agencia de publicidad cerca y quería instalarse por la zona. A la salida me propuso tomar un café.

—Gracias, Antonio —oí que decía al conserje cuando yo, después de varias visitas, no sabía aún cómo se llamaba.

Ignacio era de mi misma edad, nacido en el año sesenta y nueve, también tenía tres hijos —veintiséis, dieciocho y quince—, había corrido un poco más, el primero lo tuvo él con veinte. Claramente se había separado, estaba viviendo en un hotel. Había tenido que cerrar su anterior agencia, con setenta personas a su cargo. Se había arruinado con la crisis, se quedó con deudas por todos lados. Los bancos le habían machacado.

—En lugar de ayudarnos a los ciudadanos —me decía—, ayudaron a los bancos, nos dejaron solos.

Ahora le iba muy bien, parecía que esto estaba remontando.

—Tenemos muy buenos clientes, Disney, por ejemplo; nosotros hemos hecho lo de los cascos de *Star Wars*, ¿sabes?

Me preguntó si llevaba mucho tiempo en RE/MAX, y ya que estaba me puse a contarle yo también la historia de mi quiebra.

Si tuviera que clasificarme entre los tipos de seres humanos que saben hacia dónde se dirigen y los que no, no dudaría un instante: nunca he tenido la menor idea. No esperé a tener las cortinas puestas para casarme, ni a terminar la carrera para ser padre, ni fui cimentando nada sobre algo que no fuera la ilusión por hacer bien las cosas.

Al terminar los estudios seguía sin estar muy seguro de querer ser arquitecto. Me imponía mucho respeto la profesión, me producía cierto miedo, no sé, tenía algunas reticencias que tardé unos años en apartar a un lado —lo conseguí más adelante, aunque nunca del todo—. Así que gustoso me dejé tentar por Gonzalo, quien me atrajo hacia su mundo, el de los libros. Lola había empezado a trabajar con él unos años antes, sus estudios de Empresariales fueron más cortos que los míos, y cuando terminó descubrió que lo que le gustaba realmente era la edición. Nada más entregar el fin de carrera creamos una empresa entre los tres y comenzamos a trabajar.

Lola y yo nos habíamos conocido en el colegio, fuimos durante muchos años muy buenos amigos, coincidimos en la misma clase varios cursos, teníamos la misma pandilla, salíamos juntos y luego cada uno teníamos nuestros novietes, pero el verano del primer año de la universidad —se cumplen ahora treinta años—, nos enamoramos y hasta hoy. Probablemente el hecho de haber sido amigos antes de nada nos haya venido bien. No lo había pensado hasta que me lo dijo un día una tía de Lola, Conchita, donostiarra de pura cepa que transmite una energía parecida a la del Cantábrico en la playa de Gros frente a la que vive. En las bodas —he ido ya a cientos de ellas de mi familia política, hay que ver cómo les gusta casarse— me suelo sentar un rato con ella, y hablamos tan a gusto. Fue en una de esas conversaciones tan animadas cuando me explicó que lo más importante en un matrimonio es la amistad, lo que al final marca la diferencia. Ella lleva casada toda la vida con Fernando; habrán celebrado ya, supongo, las bodas de oro.

A nosotros lo que más nos ha gustado desde el principio es estar siempre uno al lado del otro, por lo que nos vino de perlas aquella solución familiar. Cada uno tenía tareas muy diferenciadas y se ocupaba de lo suyo. Era sobre todo una manera de *estar*, ese verbo imposible de traducir a otros idiomas: no es lo mismo que ser.

Con la llegada de internet, Gonzalo y Belén se fueron a vivir a Mojácar, dejándonos a nosotros al mando de las operaciones en Madrid, y dedicándose él a lo que le gustaba desde allí. Vendieron el piso en el que vivían y se compraron el cortijo en el campo. No había electricidad, unas placas fotovoltaicas daban para un par de lucecillas, una radio que estaba todo el día encendida y poco más, así que alquilaron un piso en un pueblo cercano, Garrucha, en el que, además de instalar una oficina con su buen ADSL, se ponían las lavadoras. Por su ventana se veían los inmensos cargueros entrar en el puerto a por el yeso de las cercanas canteras de Sorbas y salir después, con la línea de flotación ya bastante más baja. Parecía que se movían por dentro de la casa.

Nosotros también alquilamos una oficina en el mismo edificio en el que vivíamos, un par de pisos más arriba, la que teníamos en casa se nos había quedado pequeña. Llegamos a tener ocho personas trabajando con nosotros. Además de la revista *Poesía*, producíamos catálogos de arte y exposiciones. El plan era perfecto. Fueron naciendo los niños, Diego, Juan y Coloma. Pelagia, una brillante mujer de origen guineano por cuyas grandes manos han pasado todos ellos, nos ayudaba en casa, y nosotros subíamos y bajábamos a discreción. Aquello era un no parar. Nos lo pasábamos bomba, vida y trabajo eran una misma cosa, no había lunes ni domingos, las vueltas de las vacaciones eran tan felices como las salidas, solamente el presente importaba.

Según transcurrían los años fui superando mis miedos arquitectónicos, y empecé a conseguir algunos encargos, primero de reformas de pisos y casas en Madrid, y luego ya de obra nueva, sobre todo en el levante almeriense, donde también se había propagado la fiebre del oro. Se recalificaban los terrenos y se pegaban unos pelotazos de aúpa delante de mis propias narices, y a mí me iban cayendo algunas migajas en forma de proyectos para edificar. Diseñé una serie de viviendas que titulé Casas para el Levante Almeriense. Le encargué a un amiguete que me dibujara unas acuarelas para presentarlas. Las había de varios tamaños y precios, todas de líneas muy sencillas, inspiradas en la arquitectura popular de la zona. Era el complemento perfecto de nuestras actividades editoriales.

Y de repente el sistema productivo se detuvo. La Administración, literalmente, se volatilizó. A lo que se definió como «los recortes» —o sea, la súbita y completa desaparición del gasto público— vino a sumarse la revolución digital, que modificó de principio a fin la producción editorial, como tantas otras, eliminando etapas e intermediarios. Durante los años de lo que llamamos genéricamente «la crisis» se desmontaron en España las industrias culturales que se habían creado durante la Transición, arrastrando a todo un sector, que incluía imprentas y fotomecánicas, kioscos y librerías, y empresas de servicios editoriales como la nuestra. Miles y miles de familias nos quedamos con una mano detrás y otra delante. Ni que decir tiene que mis trabajos de arquitectura se vinieron abajo a las primeras de cambio, los clientes se esfumaron. Mis dos fuentes de ingresos se secaron en menos que canta un gallo. El primer año parecía que podía ser algo pasajero, pero enseguida se vio que aquello iba para largo, y tuvimos que atrincherarnos. Nos instalamos en la nada.

Nuestras pequeñas reservas pronto se fueron agotando. Los ingresos se partían por la mitad año tras año, y hubo que ir eliminando gastos. Subsistimos haciendo trabajos de lo más variopintos. De vez en cuando enganchaba yo alguna reformilla, o nos llegaba algún encargo de maquetación que no era para nada lo nuestro, pero aceptábamos sin rechistar. Lo más bochornoso que hice fue ir un día a una junta de accionistas de una gran empresa energética, me dieron unas preguntas que tenía que hacer al consejero delegado para que se luciera. ¿Se imaginan? Me pagaron con vales de El Corte Inglés; por supuesto no había que hacer factura ni nada. Encima, para poder ir a la junta tenía que ser propietario de un mínimo de acciones que me tocó comprar. Me vi obligado a abrirme en el banco una cuenta de valores —así creo que se llamaba—, y cuando fui a venderlas para recuperar «la inversión», una vez hube cumplido mi cometido, me cobraron unas comisiones de aúpa.

Lola y yo, aunque pasábamos días y días cruzados de brazos esperando alguna llamada salvadora, manteníamos nuestra burbujilla intacta. Y los niños estuvieron bien. Sencillamente se acabó un modo de vida y tuve que buscar uno nuevo, y si en lugar de andar navegando por las islas del Pacífico en busca de una foto para ilustrar el cuento de Maui Atalanga —en la *world wide web*, se entiende, ya me hubiera gustado visitarlas en persona—, tocaba ahora ayudar a comprar y vender casas, pues manos a la obra.

Ignacio me invitó al café, no llevaba yo ni un duro encima, había vuelto a cogerme ventaja. Hay tipos que desde el principio se colocan bien, que actúan de manera natural de forma proactiva, que se dice ahora; espabilados, se ha dicho toda la vida. Se quedó al final con la casa de Ortega y Gasset. Me lo encontré meses después; estaba yo con otro cliente en esa misma cafetería, y cuando fui a pagar ya nos había invitado. ¿Qué les parece? Se me pasó presentarle a mi acompañante, con lo educado que es él. Siempre hay que presentar a la gente, no se pierde nada, si ya se conocen, pues estupendo, y si no, pues mucho mejor haberlo hecho.

Al cabo de un año me llamaron sus caseras, mis clientas, para que lo volviera a poner en alquiler. Ignacio les había dicho que se había enamorado de una mexicana y que se iba para allá. Buena excusa. No sé lo que habrá hecho con su agencia de publicidad.

20

«No soporto el amarillo.» Era lo único que había comentado Juan Pedro cuando estábamos ya rematando los últimos detalles de la reforma de su ático. «Me da dolor de cabeza.» Al elegir el color del suelo nos habíamos decantado por un *beige* muy discreto, poco arriesgado; estaba quedando de lujo y queríamos ir a lo seguro. Lo encargamos, lo instalaron, estuvimos esperando unos cuantos días a que se secara. Cuando ya por fin pudimos abrir la puerta principal y ante nuestros ojos se reveló esa superficie reluciente de un rabioso verde pistacho —bastante amarillento—, casi nos dio un ataque. Le había dado un número de referencia errónea al instalador.

Juan Pedro y su mujer lo encajaron muy bien, aunque yo nunca me lo he perdonado del todo. Es de esas cosillas que se te quedan atragantadas. No es que me atormente, pero siempre la he tenido por ahí rondando. Pasados los años, y a pesar del patinazo, me encargaron también que les vendiera la casa.

Me puse manos a la obra. Aparte del leve gusanillo que me recorría el estómago cuando me entraba por los ojos el reflejo del *skyline* madrileño difuminado sobre el suelo de marras, me encontré de repente con una terrible duda: no tenía muy claro si contar a las visitas que había hecho yo mismo la reforma. Al principio lo hacía, pero me quedaba con la sensación de que los posibles compradores se preguntaban qué pintaba yo entonces allí, así que me sentía obligado a dar explicaciones, ya pueden imaginar: que si yo era arquitecto, la crisis, cómo me hice agente inmobiliario; en fin, un lío. El caso es que ese no era el tema. Cuando estás vendiendo un piso estás vendiendo un piso y ya está, cuantas menos distracciones encuentre el comprador, mejor. Acabé callándome, pero me costó, sobre todo con los que empezaban a decir lo bonito que estaba, y lo bien reformado, porque uno tiene su corazoncito, y me entraban ganas de colgarme la medalla. Afortunadamente, también los hubo que querían demolerlo entero, lo cual hacía mucho más sencillo mirar para otro lado.

Si bien atajé aquellos titubeos bastante rápido, no pude evitar la aparición de ciertas dudas respecto a si había tomado una buena decisión dejando atrás ese otro trabajo más *creativo*, o más bonito, o lo que fuera. Para despejarlas me puse a repasar algunos de los aspectos que no me gustaban de mi anterior ocupación.

Siempre me atenazó un tanto la responsabilidad de tomar decisiones tan perennes como las que se toman en el ejercicio de la arquitectura. Dejar un edificio plantado en la calle, por los siglos de los siglos, influyendo de una forma tan decisiva en la vida cotidiana de la gente, llegaba a quitarme el sueño en algunas ocasiones. Mi querido arquitecto Antonio Palacios, sobre el que organicé una gran exposición en el Círculo de Bellas Artes, lo expresaba así de bien:

No es solo la duda de la intrincada trama de la idea germen, de la forma que la plasma, de las mil dificultades de la realización constructiva: es la vacilación de la medida y el ritmo y de los problemas de materia, masa y color; es el tormento de pasar las noches desveladas por la más acertada resolución de los problemas, mecánico, económico o social, entrañando cada uno, en competencia con los demás, la máxima gravedad; es el desdoro o la vergüenza de la equivocación posible, equivocación al descubierto de todas las publicidades; es el suplicio mayor aún del temor a los errores o del abandono de los demás; son las vidas o las fortunas pendientes de nuestros aciertos, de nuestros desvelos o nuestros propios abandonos; es, en otros casos, la posibilidad de destruir la integral belleza de una ciudad o un paisaje; es la responsabilidad para siglos, la responsabilidad para siempre, de la obra que creamos, o la más funesta responsabilidad aún de estropear las obras realizadas por los hombres superiores de otros tiempos.

¡Toma ya! A Palacios desde luego, vistos los numerosos y gigantescos edificios que construyó en Madrid, no parece que le atenazara demasiado esa terrible responsabilidad, pero yo me quedo como la seda tras releerlo, ni se me pasa por la cabeza volver a intentarlo.

Además de esta responsabilidad digamos que personal, que es bastante subjetiva, estaba también la civil, que es mucho más concreta. Hasta diez años después de haber construido un edificio, o de haber hecho una reforma, un cliente tiene derecho a ponerte una reclamación porque le ha salido una gotera, o a llevarte al juzgado por una grieta. Y podían ocurrir cosas aún mucho peores. Si se te caía un albañil de un andamio, por ejemplo, con tan mala suerte de sufrir daños más o menos graves, se hubiera tomado unos carajillos por la mañana o no, podías acabar arruinado, o hasta en la cárcel. Los seguros, que además son carísimos, tampoco te acaban de cubrir del todo. Para el momento en que me ponía a repasar la pesadilla de las insufribles normativas y papeleos interminables con los que tenía que luchar para redactar un proyecto, mis dudas habían desaparecido por completo para transformarse en un auténtico alborozo.

Todavía hoy sigo sin saber qué fue lo que me atrajo de la carrera de Arquitectura. Quise dejarlo al cabo del primer año, tras aprobar una sola asignatura, precisamente la de Análisis de Formas. Había una cátedra en la que para aprobar bastaba con tener la paciencia suficiente para tirar millones de líneas, y luego iluminarlas con las acuarelas. Mi ceguera para la visión espacial había sido siempre absoluta; mis dotes para el dibujo, por tanto, nulas. A lo más que llegaba de niño era a dibujar con regla esos paisajes de picos nevados y cielos azules con soles amarillos en los que volaban pájaros como el logotipo del partido político de derechas que se hace llamar, curiosamente, popular. Y desde entonces no he conseguido mejorar nada. Les aseguro que se puede uno convertir en arquitecto sin saber hacer la o con un canuto —como es natural, lo digo en un sentido estrictamente gráfico; algunas otras cosas se me dan bastante bien—. Hay lenguajes para los que uno no está capacitado, y si no te prenden, como dice mi amiga Jimena, pues no te prenden. Me pasa lo mismo con la música: mi sentido del ritmo es nefasto; mi oído, sordo.

Cuando fui a darme por vencido, Gonzalo me dio un consejo, algo que ha sido absolutamente excepcional a lo largo de toda mi vida. Lo hizo solo en un par de ocasiones, que yo recuerde, esta y otra, que no viene al caso. No le gustaba nada ese rollo de hablar de padre a hijo; fue siempre muy pudoroso en ese aspecto, muy distante, nunca se llegaba a hablar con él de temas importantes, se daban por sentado. Sentíamos y nos emocionábamos a tutiplén, pero de eso no se hablaba en casa. Las cosas se vivían y se disfrutaban con toda la intensidad del mundo, pero no era necesario hablar de ellas. No sé si me entienden, es difícil de explicar, pero les aseguro que al fin y al cabo tiene mucho sentido, y que funciona. Al menos a nosotros nos funcionaba.

Aunque claro, como todo, también tuvo sus inconvenientes, en especial cuando las cosas se pusieron feas, al final. Estaba ya muy enfermo y sabíamos los dos que iba a morir pronto, pero nunca pudimos hablarlo un poco. Aunque solo hubiera sido por cuestiones prácticas, en qué situación quedaría Belén, o yo qué sé, saber cómo se encontraba, cómo estaba viviendo aquello, yo lo habría agradecido. Tan solo una vez, desde la cama del hospital, mirando por la ventana a lo lejos con sus claros ojos azules, me dijo: «La muerte no es ningún drama, solo que es muy triste».

Eso fue todo. Nunca pudimos hablar, tuvimos varias oportunidades, pero jamás fuimos capaces. Le estuve guardando cierto rencor por eso durante unos años, la verdad, tengo que reconocerlo; me duele, pero tengo que reconocerlo. Ahora ya se me ha pasado, no era justo; Gonzalo fue siempre extraordinariamente generoso. Además, tampoco tomé yo la iniciativa, podía haberlo hecho pero no me atreví.

Acerca de la carrera, me dijo que no la dejara, que ser arquitecto era tener un buen oficio, lo cual era importante. Le hice caso y no me he arrepentido, disfruté mucho con los estudios y luego durante el ejercicio de la profesión, aunque nunca estuve del todo cómodo en ese mundo. La arquitectura navega entre la técnica y el arte, y yo no sabía muy bien dónde agarrarme. Y estaba esa parte tan sutil e inconfundible que hacía que a un arquitecto se le reconozca, algo que con otras profesiones no pasaba. Eso de que le encasillen a uno me pone negro. No me gusta ser de un equipo, de un partido político o religión, ni de nada.

Luego está también lo pesadas que son las obras, esas eternas luchas a brazo partido con el constructor, estar en pie de guerra para cualquier cosa, peleando todo el rato. Pero el colmo es el desprestigio que ha sufrido la profesión en las últimas décadas, que ha afectado a mi generación más que a ninguna otra. Cuando empecé la carrera, el arquitecto era una figura muy considerada, y ahora parece que no sirve más que para firmar papeles. Tiene el estigma de que solo le preocupa lo estético, que los edificios sean bonitos, pero no es en absoluto cierto. Un buen arquitecto puede aportar muchísimo a cualquier obra, por pequeña que sea. Es importantísimo el orden de los procedimientos, las mejoras en las distribuciones, en la elección de los materiales, la búsqueda de buenas orientaciones, y un sinfín de detalles que al final suponen enormes diferencias. Y sobre todo y antes que nada, es un asesor que aconseja a sus clientes y defiende sus intereses ante el constructor. En general, la gente cuando quiere hacer una obra llama a un reformista, pero no se le ocurre llamar a un arquitecto, y es un grave error. Sus honorarios pueden ser el dinero mejor gastado, si eligen uno bueno, naturalmente.

Por si les quedaba alguna duda acerca de si voy a volver algún día al mundo de la arquitectura, les diré una última cosa: se gana el doble vendiendo un piso que reformándolo, por muy increíble que parezca. Seis años de carrera, como mínimo, más el proyecto final. Y cuando llega un cliente, redacta el proyecto y actualiza todas las normativas, porque a cada rato sale una nueva. La batalla hasta la extenuación con los técnicos del Ayuntamiento. Y luego la obra, varios meses, venga visitas, la guerra con el constructor que casi siempre quiere cambiarlo todo, y que además suele saber más que tú. Aire acondicionado, fontanería y saneamiento, electricidad, aislamientos, estructuras... Para que llegue un tío, que puede ser un indocumentado o no, con estudios o sin ellos, lo venda, y gane más del doble que tú.

He tratado de buscar una explicación a este extraño fenómeno, y la única que he encontrado es que un agente inmobiliario no cobra nada hasta que el cliente ha ingresado su dinero, que en general suele ser además una buena suma, por lo que le cuesta menos pagar unos honorarios. En cambio, el arquitecto tiene que empezar por pedir una provisión de fondos, y después ir pasando facturas al entregar las distintas fases del proyecto, cuando el resultado de su trabajo se encuentra aún muy alejado.

Si el agente inmobiliario produce sus honorarios, el arquitecto no hace sino ir generando más y más gastos. Como casi todo ahora, es una cuestión de financiación, divina esencia.

Por último, un pequeño detalle bastante decisivo. Cuando uno compra un inmueble, lo normal es que sea como cuerpo cierto, es decir, como una unidad concreta, incluso real, que es la que ha visto y reconocido, independientemente de que luego mida más o menos, o de cualquier otra circunstancia, lo cual reduce las posibilidades de una futura reclamación. Vamos, que se vende lo que hay y ya está, que no me venga usted después con que medía dos metros cuadrados menos o que tiene una gotera. Y eso, estarán de acuerdo conmigo, es una gran ventaja.

En fin, tampoco quiero decir que ahora sea el tío más feliz del mundo. Este es un trabajo duro, difícil, pero en general estoy contento. Había escrito «más contento», pero no sería justo, antes también lo estaba. Y sobre todo me siento mucho más libre; esa es la cuestión principal, la que más me importa. Poder disfrutar de la *liberté libre*. O al menos intentar acercarme lo más posible.

21

Mientras esperaba a que llegara el metro sentado en un banco de la estación de Serrano, una chica muy tatuada comía a mi lado una ensalada con salsa rosa. Uno de los anuncios que recubrían la superficie de la bóveda del túnel describía así un paraíso natural: «Donde la naturaleza juega con el agua». Me acababan de dar un plantón, hacía tiempo que no me pasaba, y para colmo tenía un calor de espanto.

Si no hubiera tenido después una sesión fotográfica habría podido prescindir del traje para ir a enseñar un buen piso a tan elegante barrio. Visto para estas ocasiones otra indumentaria más *casual* y mucho más fresca, que creo que me permite pasar más o menos desapercibido por estas latitudes: camisa azul de manga corta, tipo conductor de autobús americano pero de una telita más fina, como más espumosa, un pantalón sin pinzas *beige* claro, y mis Vans negras como de rafia, de las que me dijo Belén un día: «Son las zapatillas más bonitas que he visto en mi vida, me imagino a Brian Ferry con ellas». Madre no hay más que una.

Debió de ser el plantón lo que me recordó a la monjita que había dejado un mensaje en el contestador de la oficina hacía unas semanas, aunque resulte casi imposible recuperar el rastro de las veloces asociaciones automáticas que van sucediéndose por la cabeza. En esta ocasión, rabioso como estaba, creo que pasé de una cosa a la otra al pensar que ya es casualidad que estos desaires le sucedan a uno con mayor frecuencia en los barrios de alto *standing* que en los más populares.

Sor Isabel, que así se hacía llamar la religiosa —cuando me llegó el e-mail de la agencia con el asunto «Nuevo prospecto», pensé que era una broma—, estaba interesada en una casa que tenía yo en venta en el distrito de Tetuán, en el norte de la ciudad. Podía ella quedar para verla solamente los sábados por la mañana, así que nos citamos para el siguiente, a las diez y media. Con puntualidad se presentó a la cita. Pequeña y ligera —debía de comer como un pajarito, pensé nada más verla—, iluminaba con sus ojos verdes todo lo que miraba. Pasaría ya de los setenta, aunque no los aparentaba.

Desde el primer momento se le adivinaban muy buenas maneras inmobiliarias. Con pasmosa naturalidad preguntaba por la ITE (Inspección Técnica de Edificios), el IBI (Impuesto de Bienes Inmuebles), posibles futuras derramas y hasta por unas tímidas humedades que afloraban en uno de los muros de carga. Le había parecido bien la casa, aunque había ido dejando caer ya que tenía mucha obra. Quería volver a verla con su reformista para que le diera un presupuesto. Nos volvimos a citar ya para el siguiente fin de semana, a la misma hora.

La casita era una de esas en cuya fachada los ladrillos vistos dibujan figuras geométricas. El estilo neomudéjar, que así se llama, es uno de los pocos realmente originarios de Madrid.

Surgió a finales del siglo XIX, cuando hubo que pensar en alguna novedad para decorar la antigua plaza de toros de Fuente del Berro. El arquitecto encargado, Rodríguez Ayuso, debía de estar ya aburrido de los *revivals* góticos o egipcios en boga, y para tan hispánico monumento echó la vista atrás en busca de alguna inspiración más patriótica. Recuperó el sistema constructivo de los mudéjares, musulmanes a los que tras la Reconquista se permitió seguir viviendo entre los vencedores cristianos sin obligarles a mudar de religión. Así decoró el nuevo coliseo, que estuvo ubicado donde hoy se encuentra el WiZink Center. Pronto se hizo necesario otro, y el actual de Las Ventas se engalanó a los pocos años igual. Quedan un par de ejemplos de edificios de tan gracioso estilo obra del mismo alarife que el de la plaza original: la casa del doctor Núñez, en la calle de Eloy Gonzalo, junto al Hospital Homeopático, y las Escuelas Aguirre, ocupadas actualmente por la Casa Árabe, en la esquina de Alcalá con O'Donnell, junto al Retiro.

Esa moda se extendió por toda la ciudad, sobre todo en los nuevos barrios como los de Salamanca o Chamberí, en los que muchos edificios residenciales siguieron esa estela. Como el sistema era barato, sólido y de fácil mantenimiento, y además la técnica de sobra conocida por los albañiles madrileños —y lo sigue siendo: poco éxito tiene el pladur en España; el ladrillo y la paleta se siguen imponiendo—, se construyeron así también muchas casas modestas, como esta que yo tenía a la venta. De una sola planta, la zona de vivir daba a la calle; los dormitorios y la cocina, a un patio en el que había un retrete; cuarto de baño no tenía, se lavaban en una pila mientras vivieron en ella, llevaba años abandonada.

Fue una vecina de Belén de El Pardo quien nos había llamado para vender la casa de su infancia. Nos contó que habían estado preguntando en otra inmobiliaria, y que, además de haberles hecho sentir raro, les cobraban un diez por ciento de comisión. Le expliqué que en las agencias tenemos unos honorarios mínimos —estas casas antes valían mucho más, pues se podían derribar para construir pisos, pero protegieron sus fachadas y al cambiar la normativa su valor era el de una casa vieja— y salen en estas ocasiones nuestros honorarios muy caros. Se alegró mucho de comprenderlo.

No les había contado todavía que Belén también se ha hecho agente inmobiliaria. Desde el principio le pareció una buena idea que me metiera en esto. Me preguntaba a menudo, y entreveíamos cada uno por nuestro lado que todo aquello que le iba contando nos podía servir también a nosotros, como al final ocurrió. Recuerdo en particular una conversación mientras circulábamos por la autopista del Mediterráneo durante un viaje desde Madrid a Mojácar, a su paso por Lorca —«Lorca es como Los Ángeles», dijo Gonzalo un día al atravesar esa gran llanura sembrada de pequeños puntos de luz diseminados al atardecer—. Estuvimos hablando, así como quien no quiere la cosa, de la importancia de escuchar mucho y explicarlo bien todo; de que el dinero no era lo único que había que tener en cuenta; de las etapas de la vida; de que los inmuebles debían estar al servicio de las personas y no al revés...; esas cosillas de las que ya les he ido hablando. Belén escuchaba como si no fuera con ella, aunque en realidad no perdía comba.

Una vez instalada en Madrid, siguió interesándose cada vez más por todos estos temas, y acabó liándose la manta a la cabeza. Pero no se vayan a creer que lo hizo en plan aficionada, no, no: profesional, con el *pack* completo. Se hizo hasta las tarjetas con la foto y todo, y ahora está en el tajo. Me ayuda a prospectar, enseña algunos pisos, hace gestiones varias. Nos hemos hecho unos pasquines —ella siempre los llama así, por supuesto, nada de *flyers*— con una foto de los dos juntos, para repartir por su barrio, a ver si conseguimos algunos clientes por su zona, como este de la casita de Tetuán. Eso le gusta mucho, o al menos eso me dice. Sale a la calle y se los va entregando a los vecinos, o los va dejando en los buzones. También los ha colocado en la tienda de Ricky, en el pueblo, con el que se lleva de fábula, porque el señor es muy amable.

Qué afán de superación, qué buena disposición. Y se le da genial. Se podrán imaginar que la charlita es su especialidad. Y lo pasamos realmente bien. Además, tiene algo también de vuelta a la empresa familiar, pero ahora con ella. Antes trabajaba con Gonzalo, y Belén estaba a otras cosas, y ahora es como si volviera a disfrutar esa misma relación, pero con ella.

Tengo la suerte de haber contado con una madre maravillosa, sobre todo porque siempre ha mostrado un respeto absoluto por cómo hacía yo las cosas, aunque me estuviera equivocando; ha optado por darme seguridad, buenos sentimientos, buena fe, buenas intenciones, y sin esperar nada a cambio. Y eso creo que es lo más importante. Algunas veces he visto padres que piden cuentas a sus descendientes, como si por el hecho de haberles dado la vida tuvieran una deuda contraída con ellos, y eso no es así. La vida se da, y punto. Ahora me acompaña en esto de los asuntos inmobiliarios porque le gusta, le entretiene, y para ayudarme en lo que pueda.

Belén y yo nos reunimos con la familia de su vecina al completo para firmar el contrato: cuatro hermanos con sus correspondientes maridos y mujeres, y la madre, Manuela. Hablaban todos sin parar, y ella callaba. Cuando nos fuimos, después de haberles presentado nuestros servicios, me dio la impresión de que la que mejor se había enterado de todos era Manuela, a pesar de que estaba sorda como una tapia. La casa en realidad era suya, aunque todos sus hijos fueran propietarios, pues al morir el padre habían heredado.

(¿No les parece increíble que la ley diga que al morir uno de los cónyuges de un matrimonio los bienes del fallecido pasen a pertenecer a sus hijos? Si eran de ambos y falta uno, pues tendrán que seguir siendo del que sobreviva, digo yo, y más aún tratándose de su propia casa. Manda narices que tenga uno que vivir de prestado, aunque sea de sus hijos, encima de que se te ha muerto el marido o la mujer. De verdad que no lo entiendo. Lola y yo fuimos hace poco al notario e hicimos testamento. Jamás se me habría pasado por la cabeza que haría yo tal cosa. Nunca había dado la más mínima importancia a estos temas.

Lo mejor, nos dijo el oficial de la notaría, era legar al cónyuge toda la herencia en usufructo universal y vitalicio, y ordenar que si alguno de los herederos directos impugnara ese usufructo, a lo cual tendría derecho, recibiría exclusivamente la legítima, es decir, el mínimo establecido por la ley. Y no es que yo tenga el menor indicio de futuros problemas, ni patrimonio alguno por el que puedan surgir discordias, ni nada de nada; tan solo quería aclarar las cosas. Nuestros bienes son nuestros, y si falta uno, pues para el que queda, y como la ley lo impide, al menos que los disfrute, y se acabó. No todos los días nombra uno a su pareja usufructuario universal y vitalicio, así que después de firmar nos fuimos a comer a un buen restaurante para celebrarlo.)

En el caso de Manuela y sus hijos, todos daban por hecho que la que mandaba era ella, y no había más que hablar. Asintió con un leve gesto al terminar nuestra exposición, y firmaron todos el contrato uno detrás de otro sin rechistar.

El sábado siguiente volvió sor Isabel a ver la casita con su reformista. Belén estaba encantada con tan peculiar cliente. Ella siempre dice que la Iglesia tendrá muchas cosas malas, pero que también hace muchas otras muy buenas, y algo de razón no le falta. Lo sabe de muy buena tinta, pues una hermana suya, Chuchina, la mayor, se había casado con Dios desde niña. Pasó la vida entera enclaustrada y dedicada a cuidar de los demás. Se ocupó de enfermos de todo tipo, ancianos o gente necesitada sin pedir nada a cambio. Sus últimos años los vivió en Toledo, adonde acompañaba yo a veces a mi madre a visitarla. Era una mujer muy guapa, con una cara límpida y resplandeciente, un cutis perfecto, que transmitía una paz total. Nunca poseyó nada, renunció siempre a todas las herencias, su pequeño sueldo iba a parar íntegro a la comunidad.

Sor Isabel, sin embargo, estaba pero que muy interesada en obtener una buena rentabilidad. Estuvo un rato hablando con su jefe de obras sobre las reformas necesarias. Había que cambiar toda la distribución, las instalaciones completas de la casa y hasta las ventanas. Tenía ya un presupuesto en la cabeza.

—Un buen dinero se me irá —me dijo al final—, pero si me descuentan siete mil euritos me podría merecer la pena.

Me hizo una oferta en firme, se produjo un pequeño regateo, y se la quedó. Me llamó unos meses después para que le buscara un inquilino. Estaba encantada con su reforma, más contenta todavía se quedó con el arrendatario que le busqué, un chico mexicano que venía a estudiar a Madrid al que avalaban sus papis, y que le aseguró, muy avispado él, que le pagaría religiosamente, bromita que no agradó demasiado a sor Isabel.

Llegó el metro, me levanté, ya no le quedaba salsa a la chica del banco para aderezar la lechuga iceberg restante. Mientras hacía el transbordo en la estación de San Bernardo me llamó Álvaro, el del plantón.

—Jacobo, me vas a matar —me dijo—. Perdóname, se me había olvidado por completo.

Por lo menos estaba siendo franco.

—No te preocupes —le contesté—, quedamos otro día, que hoy ya me he movido de barrio.

Como les decía, tenía que irme a una sesión fotográfica. Una de las chicas —más bien señoras— que tengo ahora conmigo en el programa de *mentoring*, Nati, me había propuesto que nos hiciéramos una foto de grupo. Ahora mismo están ella y otra más, Asun, aparte de Ana, con quien llevo colaborando casi un par de años. Nati y Asun se han metido en esto hace unos pocos meses; completaron su formación y después empezaron a trabajar conmigo. Me acompañan a algunas de mis primeras visitas para captar propiedades, y si ellas consiguen una cita, yo las ayudo a prepararla, y voy con ellas. El objetivo, además de que si les surge alguna oportunidad de negocio haya más posibilidades de que salga adelante, es que una vez vista la teoría puedan observar la práctica.

Me he convertido, yo a mi vez, en mentor. Estaba claro que tenía que ocurrir: si tienes experiencia, debes compartirla. Lo bueno, aparte de ayudar en lo que puedas a quien lo está intentando, es que vuelves a los inicios, a replantearte cómo estás haciendo las cosas, porque según va avanzando uno deja de seguir los procedimientos tan a rajatabla, va cogiendo muchos vicios, y debe corregirlos para servir de ejemplo.

El fotógrafo, mi cuñado Pedro, nos propuso hacer la sesión en el primer tramo de la calle de Alcalá, un decorado fantástico, rodeado de los edificios de Antonio Palacios. Habíamos quedado en el Círculo de Bellas Artes, junto a la desconcertante columna enana que tiene en la esquina, articulación de la desembocadura de la Gran Vía frente al antiguo Banco del Río de la Plata, hoy sede del Instituto Cervantes, objeto monumental que marcó en su época la escala del nuevo Madrid. Y al fondo, Correos.

Pedro no puede hacer nada *normal,* así que nos puso a los cuatro a andar por el medio de la calzada, calle Alcalá hacia arriba, para que al fondo luciera bien todo el escenario. Entre semáforo y semáforo teníamos el tiempo justo para ir caminando hacia él, todos alineados, en plan muy dinámico, todo de lo más glamuroso; a las chicas se les alborotaba el pelo con el viento, nos mirábamos desconcertados, al menos yo, que estaba rojo como un tomate. Al final quedó una foto muy bonita, tipo el cartel de la película *Ocean's Twelve,* «muy épica», como me dijo Colomita al verla.

Ahora no sabemos muy bien qué hacer con ella. Es la foto de un equipo que en realidad no somos, por lo menos de momento, como cuando te compras la guitarra y todavía no has empezado a dar clases. Y lo de los equipos es una cosa muy seria en la agencia, tiene que ser oficial; vamos, que debería ser algo así como *Team Jacobo Armero,* porque se imaginarán que yo tendría que ser el líder de ese hipotético equipo, y además debe ir en inglés, no vas a llamarlo *Equipo Jacobo Armero,* menuda castaña. No veo claro que quiera formar ningún equipo ni nada. Por ahora no estoy preparado.

Lo más gracioso fue que Nati se vistió en plan informal. Habíamos estado ultimando los detalles del *dress code* en el grupo de WhatsApp y no quedó del todo claro. Mientras que el resto íbamos muy arreglados —yo con mi traje oscuro y mi buena corbata, Asun pantalón blanco y camisa roja casi de boda, y Ana con el vestido de presidencia, como ella lo llama porque es el que se pone cuando va a Presidencia del Gobierno a trabajar como intérprete—, Nati se puso un vestido corto como

como gaseoso, rosa, muy veraniego, y parecía que iba más bien de playa.

Aunque le insistimos todos en que hacía la imagen del grupo mucho más variada y salía muy bien, creo que ella al final quedó un poco decepcionada con la foto, aunque tal vez sean cosas mías.

22

En casa hacemos de vez en cuando merienda cena. Compramos cruasanes en La Mallorquina —mejores que ninguno de los franceses que haya yo probado—, jamón de York en La Madrileña —charcutería de toda la vida un poco decadente, le falta un suspiro para convertirse en un Starbucks—, hacemos unos huevos revueltos, y los niños mojan el suculento bollo en el vaso de leche. Contaba mi abuela que no sé qué rey muy antiguo le dijo a otro rey de otro país en una recepción: «¡Yo... mojo!». A los extranjeros siempre les ha parecido una ordinariez, pero en España se moja como si nada.

Invité a una de estas meriendas cena a Dolores, la dueña de un ático con terraza que no vendía ni a tiros, y esta vez no era porque los techos fuesen demasiado bajos. Fue mi récord de visitas: sesenta y una. Se dice pronto. Los áticos en general suelen tener sus complicaciones, porque son de capricho. Lo de la terraza en Madrid es un lujito. En invierno, cuando da el solecillo, la gloria; en verano, cuando cae la tarde, se riega un poco y también. Por eso son bastante caros, pero el problema es saber hasta cuánto. Un piso normal de tantos metros cuadrados, a tanto el metro, más o menos sabes por dónde andas, pero lo del ático con terraza tiene su racioncita de incertidumbre.

Hacia la visita cincuenta y tantas le pedí a Belén si me podía echar una mano, a ver si a ella se le ocurría algo. Algunos asuntos se atascan a veces y acaba uno por no saber muy bien por qué. Hablando un día, después de enseñar ella el piso, se nos ocurrió cambiar el anuncio. Lo teníamos como de dos habitaciones, pero una de ellas era como media, ya que no tenía ventana directa al exterior sino a un pasillo, y aunque estaba muy bien resuelto, los posibles compradores quedaban decepcionados. Decidimos anunciarlo como de una habitación, y lo vendimos enseguida. Es más efectivo que el piso sea mejor que el anuncio, y no al revés.

Dolores es una chica muy especial, una mezcla entre Snoopy y Patti Smith, que lo que quiere es pasarlo bien y disfrutar de la vida, pero que a veces lo ha debido de pasar mal, y se pone una gran coraza que se quita en cuanto puede. Acaba siendo de lo más amorosa. Trabaja en una tienda de telas con su madre, se dedica a la decoración, y a muchas otras cosas. Le había escrito un e-mail para ver si nos podía echar una mano con un tema de la casa. Cuando por fin vendí su ático, ella se mudó a un piso interior algo complicado, difícil de ver, que supo arreglar fenomenal. Sí, ya sé que quizás, siendo arquitecto, podría valerme por mí mismo en este tipo de asuntos, pero ya saben lo del cuchillo de palo.

Teníamos que tapizar unos sofás, llevamos años con ello, y no acabábamos de decidirnos. Cuesta una fortuna lo de los tapizados, te puede salir como unas vacaciones completas para toda la familia, por lo que nunca se encuentra el momento oportuno. Por un lado estaba el tresillo herencia de bisabuela, con unas patas en forma de garra que me apasionan. Por otro, un sofá herencia de mi suegra, que a mí no me gusta tanto —con este hay diversidad de opiniones—, pero es bastante bueno. Por último, otro más que nos había donado una tía mía, que, al ser caballo regalado, habíamos acogido pero que una vez puesto en su sitio no acababa de convencerme, sobre todo desde que mi hijo Juanito sentenció, nada más verlo: «No es tan elegante como los demás, desde luego».

Juanito es el filósofo de la familia. La primera vez que le vi ya lo pensé. «Este es de los del huevo y la gallina». Era un recién nacido y tenía ya un aura existencial, como de ya he salido y ahora qué, qué pinto yo aquí, y así sigue. Se da cuenta de cosas muy específicas. Un día, siendo muy pequeño, me dijo que le gustaba mucho cómo aprovechaba yo el impulso del coche, algo que siempre hago porque me gusta conducir muy suave, casi sin frenar, dejo siempre de acelerar mucho antes de que haya que parar. Él conseguía identificar algo que era imperceptible para los demás.

Ha sido un niño de lo más casero. Nunca quería irse a dormir a casa de sus amigos. Le gusta su entorno, su barrio, lo que conoce. Aunque de repente ahora que ha acabado el colegio dice que se quiere ir a Australia a trabajar en una granja. Juanito y su mundillo son siempre únicos. Estás cavilando sobre lo de los sofás, pasa por allí, te suelta eso, se da media vuelta y ya está. No dice una palabra de más. Tan pronto no sale de casa como quiere irse a las antípodas. Está buscando y buscando, a buen seguro encontrará.

Con el sofá de la tía, que, tenía razón Juanito —es de los que siempre se llamarán Juanito—, era bastante feo, no sabíamos muy bien qué hacer. Y entonces surgió lo de la merienda cena con Dolores. Cuando le conté la película me dijo que lo mejor sería que viniese un día a casa; yo no había querido proponérselo para no darle la lata, pero era obvio que era lo mejor. Quedamos en hablar la semana siguiente, y al final no concretamos. No hay manera de resolver este asunto de los tapizados.

Lo de los áticos con terraza está muy bien, aunque venderlos dé muchísimo curro, por lo que les he contado. Yo mismo vivía con mis padres en uno muy majo en la calle Hilarión Eslava. Era una buhardilla de techos altísimos. Se la regaló la que sería después mi madrina, la Tiuca, que estaba forrada. Tenía edificios por todo Madrid. Y no tenía hijos. Se casó ya muy mayor con un hombre del que había estado enamorada toda la vida, quien murió al poco de la boda, dejándole toda su fortuna.

La buhardilla se la compraron al pintor Lucio Muñoz. En aquella esquina con Joaquín María López había bastante ambientillo cultural. Enfrente lucía la fachada del edificio de viviendas que había proyectado el arquitecto Antonio Fernández Alba, en el que vivieron los pintores Antonio Saura y Manuel Millares. A casa venía, durante unos días muy concretos del verano en los que encontraba la luz adecuada, Antonio López a seguir pintando una vista desde la terraza que había empezado muchos años antes de que llegáramos allí nosotros. Se presentaba con su caballete y su lienzo, al que había ido añadiendo parches, pues a veces tenía que recortar un trozo del bastidor para cumplir algún compromiso con su galería, o al menos eso contaba mi padre. Tardaba décadas en pintar sus cuadros. Se instalaba con su gorra de visera para zafarse del sol de poniente al caer la tarde, se escabullía discretamente antes de que anocheciera. Es un cuadro muy bonito, lo he visto en alguna exposición, ahí sale nuestra terraza.

Una vez le enseñé alguno de mis dibujos a Antonio, y me dijo que eran preciosos. Como se me había metido en la cabeza que a lo mejor quería ser arquitecto, hacía algunas prácticas y se las enseñaba al maestro. No es que fueran malos: eran catastróficos.

Aquella peculiar servidumbre la heredó el siguiente propietario cuando mis padres vendieron la casa para comprarse el cortijo de Mojácar. Es curioso ver a toro pasado cómo se transforma el patrimonio inmobiliario. De ático con terraza a cortijo, de cortijo a casita en El Pardo. Es como la energía: no se pierde sino que se transforma.

23

En Madrid hay bastantes pisos en los que es mejor dar a un patio de manzana que a la calle. Vendí uno en el barrio de Oporto que daba a un espacio inmenso en el que había un colegio desde el que subía durante los recreos un fragor infantil como una bandada de golondrinas. Un comprador dijo que no le gustaban los niños cuando fue a visitarlo. A mí ese ruido no me molesta, más bien al contrario.

Si están buscando piso, les recomiendo que no activen el filtro «exterior» al navegar por los portales inmobiliarios, pueden dejar pasar buenas oportunidades. En la zona de Sainz de Baranda, algunas manzanas forman gigantescos patios mucho más anchos que las propias calles por las que se accede a sus portales. Ahora tengo a la venta uno en pleno centro que da a un jardín de lo más apacible. Es de cuatro hermanos, muy bien avenidos ellos, lo cual es de agradecer. Heredaron hace ya años, lo tuvieron alquilado, y ahora que se marcha el inquilino lo van a vender para hacer cada uno con su dinero lo que mejor le parezca.

Las herencias son una de las mejores fuentes de trabajo de los agentes inmobiliarios, siendo su participación algunas veces casi imprescindible para mediar entre los implicados, pues entre herederos pueden producirse fuertes tensiones. Hay que andarse con mucho cuidado, ya que persisten a menudo odios viscerales enraizados en lo más profundo de las personas, o cuentas pendientes de toda una vida que en ocasiones tampoco se saldan el día de la notaría.

Otro de los que salían en la foto de la fiesta en el piso de Ángel me llamó un día muy impresionado: una tía suya soltera y sin hijos había muerto de un infarto en plena calle. Dejaba a sus sobrinos un ático con terraza en el Parque del Conde de Orgaz, de esos de capricho de los que hay bien pocos; querían venderlo, pero uno de ellos estaba interesado en quedárselo. Una parte de la familia estaba de acuerdo en que se lo quedara el sobrino, la otra encontraba más justo que se le sacara el mayor partido.

—Si quieres —me dijo—, te paso su número, pero es un poco lío.

Me fui a verlo. Se trataba en efecto de un apartamento muy especial, con una terraza inmensa, unas vistas panorámicas, corrían la luz y el aire a raudales, una sensación de lo más agradable. Lo valoré, y resultó que el precio que estaba dispuesto a pagar el interesado era sensiblemente inferior al que se podía conseguir en el libre mercado, así que me encargaron que lo vendiera, aunque tenía que ser muy rápido porque había que pagar los derechos sucesorios. En unas pocas semanas debía quedar el asunto resuelto.

Conseguí un comprador que pagaba su precio unos días antes de que venciera el plazo. Se firmaron unas arras —si se echa atrás el comprador, pierde el dinero que deposita; si lo hace el vendedor, tiene que devolver el doble—. Miradas de odio como la del malo de los ojos rojos de *Star Wars* atravesaron la sala.

Se citaron las partes la semana siguiente en la notaría para formalizar las escrituras, pero surgió un pequeño inconveniente. El banco no daba la hipoteca al comprador por el artículo 28 de la Ley Hipotecaria, que en resumen dice que si no hay herederos directos —padre o madre, cónyuges o hijos naturales— y aparece uno del cual no se tuviera conocimiento, puede este reclamar durante un plazo de dos años su parte de la herencia y declararse nula la compraventa. Si bien era altamente improbable que eso ocurriera, los departamentos de riesgos de las entidades financieras no se mojan y se niegan a conceder el crédito. Fallo mío, lo ignoraba, nunca había tenido un caso similar. Ya no me volvería a pasar, pero aquello fue fatal. Si ya había lío, apaga y vámonos. No se pudo firmar con la inmediatez que se precisaba, y los ánimos se encresparon.

Me acusaron algunos de haberlos engañado, llamaron a mis oficinas para quejarse de mi trabajo, amenazaron con incumplir el contrato. El comprador, que era un señor educado, se buscó un abogado, y estuvimos dos meses a la greña hasta que al final logró el dinero y se pudo escriturar. Lo pasé fatal, y además los clientes acabaron disgustados.

Otra herencia curiosa fue la de una casa que fui a ver con mi amiga María. Se había enamorado de un piso que nos tenía locos, era todo rarísimo. Llamabas y no contestaban, no había forma de contactar. Acabé por escribir un mensaje, y me respondió una señora diciéndome que lo enseñaba su hermano, que era profesor de autoescuela y estaba muy ocupado, que si no me cogía, que le mandara un wasap. Tras el correspondiente diálogo de besugos por mensajería instantánea, conseguí por fin una cita.

Era ya noche cerrada y no se veía un pimiento. El piso no estaba mal, pero muy hecho polvo, con los azulejos rosas pequeñitos, los sanitarios de época. El anfitrión nos lo ponía todo fatal, se le veía muy malhumorado. Insistía en las derramas, que si la comunidad de propietarios no hacía ni caso, los del local de abajo eran muy ruidosos… Al final nos dimos cuenta de que el piso era de los dos hermanos, y el que vivía en él no tenía ningunas ganas de salir de allí. Son cosas difíciles de imaginar, tardas en caer en la cuenta, aunque ocurren a menudo.

Lo mismo me pasó con una vecina de El Pardo. Nos llamó por los pasquines que había repartido Belén por su barrio. Nos sentamos en el salón comedor. Una tele gigante a todo volumen escupía imágenes en las que unos tertulianos vociferaban miserias de los famosos. La señora había vivido allí toda la vida, desde niña. La casa era suya y de su hermano, con quien se comunicaba a través de sus abogados. Los últimos años los pasó con su madre cuidándola todo el tiempo —no como su hermano, insistía—. Había puesto la casa en venta hacía cuatro meses a un precio disparatado, casi el doble de lo que valía, con otra agencia que, lógicamente, no le había llevado ninguna visita. Se le había acabado el contrato y quería cambiar. No me quedaba claro quién de los dos había buscado la agencia, ni quién le había puesto el precio, ni lo que habían acordado. Unas veces me decía una cosa y otras la contraria, siempre echaba las culpas de todo al hermano.

Segunda visita. Entré en la casa a las siete y media de un viernes, no saldría hasta las diez y media. En la tele seguían cacareando a voz en grito, esta vez sobre asuntos de la realeza que en El Pardo se toman muy a pecho, pues son vecinos los monarcas. Pasamos unos veinte minutos comentando una desavenencia entre las dos reinas, tras lo cual pude empezar con el trabajo. Presentación de servicios y estudio de mercado, por ese orden. Intenté meter el precio en cintura, al menos para que hubiera posibilidades de tener alguna llamada, pero no hubo manera.

—Lo ponemos a este precio, y si no tenemos clientes, lo bajamos —me dijo.

Rellenamos el contrato.

—Ahora tengo que dárselo a mi abogado, para que se lo lleve a mi hermano, a ver si firma; la última vez tardó un mes en devolvérmelo. Hablamos la semana que viene.

Salí muy cansado, pero contento. Lo había disfrutado, tenía la sensación de haber hecho un buen trabajo. El lunes por la mañana, llamada de la señora a primera hora. Había estado pensando el fin de semana. Lo iba a vender por su cuenta, ya que no le había gustado nada que quisiera echarla de su casa. Lo que yo le había dicho es que era mejor que no estuviera durante las visitas, y había aprovechado para tomárselo como una ofensa. En ese momento caí en que estaba otra vez ante la clásica herencia en la que uno de los hermanos está acoplado en la casa, y no sale ni con agua caliente. Es muy difícil darse cuenta, porque hacen como si quisieran vender cuando en el fondo no tienen la más mínima intención.

24

Me costó muchos años llegar a entender los carteles en los que ponía: PROHIBIDO FIJAR CARTELES. No comprendía lo que querían decir, supongo ahora que porque no podía concebir que alguien pusiera un cartel para prohibir poner un cartel. No llegaba a explicármelo. Además, a continuación solía leerse: RESPONSABLE LA EMPRESA ANUNCIADORA, lo cual me dejaba aún más perplejo. ¿Empresa anunciadora? ¿Qué sería eso? Luego ya, con el tiempo, acabé por descifrarlo, y entonces, fascinado por tan flagrante contradicción, empecé a coleccionarlos, probablemente alentado por una larga tradición familiar. La abuela almacenaba cucharillas de plata y dedales, el abuelo jarras de cerveza, un tío mío llegó a ser un empedernido coleccionista de colecciones. Tiene ese mundo algo fascinante. El ansia por hallar la pieza codiciada o la emoción al encontrarla se convierten en una auténtica droga, como la que tiene enganchado al primo Pons, el personaje de la novela de Balzac que leímos en el club de lectura.

Cada vez que me encuentro con un PROHIBIDO FIJAR CARTELES le hago una foto y me lo guardo. Después empecé a fotografiar también otros carteles que fuera de contexto son muy divertidos, y se convierten a veces en pequeños poemas:

NO SE HACEN FOTOCOPIAS

LA ENTRADA POR LA PUERTA DE AL LADO

DURANTE LOS CULTOS NO SE ADMITEN VISITAS

NO SOY UN DATÁFONO

NO SE HACE NINGÚN TIPO DE ARREGLO

NO ES EL TIMBRE

Suelen tener en común todos ellos una especie de implícito hastío que me apasiona. ¡Por favor, no entre usted también a preguntar si hacemos fotocopias!

Una de las cosas que más apuro da del trabajo de agente inmobiliario es poner el cartel de SE VENDE, me da la sensación de que todo el mundo me está mirando. Ya sé que eso no ocurre y que en caso de que así fuera incluso sería bueno, pues querría decir que ese «todo el mundo» se está enterando de que vas a poner en venta un piso. Pero cuando te da una sensación, pues te da y ya está. Eso sí, cuando voy en el metro con el cartelón, el de colgar en el balcón, cien por setenta centímetros, con el SE VENDE en letras gigantes para que se lea de bien lejos, me reconocerán que a lo mejor esa sensación puede estar más justificada. Me convierto casi en un hombre anuncio.

No saben la cantidad de pisos que se venden por el cartel. Muchas veces el comprador se halla en el entorno inmediato, lo típico, un vecino que quiere tener cerca a los hijos o a los amigos, por ejemplo. Además, también cumple una función psicológica, porque es importante que el vendedor tome conciencia de que está vendiendo su casa. Ocurre muy a menudo que los propietarios se niegan a ponerlo, y eso es mala señal. Cuando realmente se quiere vender, es esencial que se multipliquen las posibilidades, y el cartel es una más. Parece de Perogrullo, pero en ocasiones uno se encuentra con estas historias. No se pueden imaginar la cantidad de gente que cree que quiere vender su casa y al final no lo tiene tan claro. De hecho, tener la casa en venta se convierte a veces en una especie de estado, de modo de vida.

De una cosa sí que quería advertirles: ándense con cuidado con los tratos entre vecinos, que se puede liar el tema. Si se trata de un comprador, igual puede tener la sensación —y si se tiene se tiene— de que le asiste algún tipo de derecho preferente sobre el inmueble. Y claro, ocurre que por muy buen vecino que haya sido, si se da el caso, lo normal es que se pregunte uno por qué debería hacerle un descuento —recuerde que en los asuntos inmobiliarios las cifras suelen contar con muchos ceros— solo por la circunstancia de ser vecino. Y si es un vendedor, lo mismo pero al revés. Por ejemplo, si da la casualidad de que el vecino del piso de al lado ha tenido gemelos o quiere ponerse un despacho, y con tirar el tabique lo soluciona, pues le puede merecer la pena pagar más. Y si el dueño se quiere aprovechar de la situación y pedir una cifra desorbitada, también lo puede hacer.

Tuve un caso muy sonoro cuando vendí el estupendo piso que María Antonia y sus hermanas habían heredado de su madre. Estaba en un edificio proyectado por Luis Gutiérrez Soto, arquitecto de moda en Madrid durante prácticamente toda la dictadura. Vivir en «un Gutiérrez Soto» fue símbolo de calidad de vida —se hizo famoso por sus excelentes distribuciones—, prestigio y distinción. Aún hoy en día es de los pocos arquitectos de los que se farda en los portales inmobiliarios.

Me puse manos a la obra, iba teniendo visitas y de repente me entraron dos ofertas al tiempo. La primera fue de un tipo de aspecto un poco bohemio, alto, cabeza rasurada, vestido con un abrigo de pieles, que estaba interesado en un piso grande en esa misma zona, en la que ya vivía. Guillermo se llamaba. Vino a verlo él solo, poco después con su novia, les gustó a ambos, y, aunque no tenía ninguna pinta de poder pagarlo, sin dudarlo un instante me hizo una propuesta en firme. Rellenó el formulario y dejó la señal —el uno por ciento del importe de la oferta; sí, para hacer una oferta hay que poner dinero, sin pasta de por medio en este negocio no se puede avanzar.

Mientras las hermanas se lo pensaban me entró otro cliente. Estaba este revirado, porque acababa de perder un piso similar por el que había pujado, así que cuando le dije que ya tenía una oferta sobre la mesa sacó el talonario y la mejoró. Imagínense, era un buen piso, y yo allí en medio de aquella disputa, pacífica, naturalmente, pero a la vez muy tensa; las pasé canutas. Había sido este uno de mis primeros encargos. Iba yo de un lado a otro: diez mil más, otros tantos… Cuando alguien quiere una casa y está pagando un buen precio por ella, las cosas se ponen bastante serias. Fueron subiendo hasta que al final Guillermo se plantó. Aunque no llegó a conseguir el piso, he mantenido el contacto con él. Acabó comprándose otro que vendían justo al lado del suyo, y me llamó para que se lo reformara.

El caso es que había un vecino del mismo rellano convencido de tener derechos adquiridos sobre el piso en cuestión. Cuando lo puse a la venta, me reuní primero con él por indicación de las propietarias, y me empezó a contar todo lo que su mujer había acompañado a la difunta durante los últimos tiempos, lo amigas que eran y demás detalles sobre lo buenos que habían sido con ella, para a continuación hacerme una oferta bien baja, que naturalmente fue rechazada. Yo seguí a lo mío, puse mi cartelito en el portal, y el hombre fue subiendo poco a poco. Estoy seguro de que miraba por la mirilla cuando llegaba con una visita. También llamó a las hermanas para presionarlas con la misma canción, pero ellas no se inmutaron. Cuando lo vendí, no tuvo tiempo de reaccionar. El mundo inmobiliario es aquí y ahora, como dice siempre Iván, no vale lo de «A mí me ofrecieron tanto hace seis meses»; esperar al día siguiente puede ser ya demasiado tarde. Me llamó indignado, afeándome lo mal que me había portado con él. Lo quería para meter a su hija y que los cuidara.

25

Todas las mañanas, después de tomarnos lo que siempre hemos llamado un Cola Cao pero en realidad era Nesquik, mi hermano Mario y yo pasábamos por la panadería a recoger nuestros dos dónuts de azúcar recién hechos envueltos en un papel marrón que inmediatamente se empapaba de una inconfundible grasa pegajosa. De camino hacia la parada del autobús que nos llevaba al colegio, disfrutábamos de lo lindo con esa delicia tierna y esponjosa. Pero a veces, el panadero —un tipo calvo con bigote, bajito y regordete, parecido al Superintendente de *Mortadelo y Filemón*— nos daba los dónuts de ayer, duros como piedras. Nuestro gozo caía entonces en un profundo pozo.

Por desgracia, hoy en día los dónuts han perdido su frescura y todo su encanto. Se venden envasados en un plástico hermético, con fecha de caducidad y, por supuesto, siempre de antes de ayer. Las normativas europeas, y supongo que también alguna de esas optimizaciones de costes de distribución, dieron al traste con ese manjar, como ha ocurrido con tantas otras delicias gastronómicas. Me vienen a la cabeza, así, a bote pronto, la desaparición de la exquisita mermelada casera de melocotón que servían a cucharadas con la tostada en la pastelería La Mallorquina de la Puerta del Sol, o la severa prohibición de abrir la preciosa vitrina de Lhardy, taza de caldo en una mano, para coger una croqueta con la otra. Fueron duros golpes, pero ninguno tan doloroso, al menos para mí, como el de los dónuts encapsulados.

En la última panadería en la que los encontré sin envasar, en la Corredera Baja de San Pablo, Milagros —mujer de pelo blanco, menudita, pantalón planchado con raya y su jerseicito de pico— me avisó de que los que tenía en su pulcro escaparate con baldas de vidrio y herrajes de acero inoxidable eran del día anterior. Ante semejante alarde de sinceridad, no perdí ocasión de volver por allí a menudo. Se podrán imaginar que, después de las terribles decepciones infligidas por el maligno Superintendente, topar con una panadera honrada me permitiera volver a depositar alegremente mi confianza en la humanidad.

Poco a poco fuimos intimando, nos contamos parte de nuestras vidas, y teniendo pendiente, como sigo teniendo —y creo que seguiré siempre—, la asignatura de posicionamiento geográfico, que es como ya saben una de las más importantes en el ejercicio de la profesión de un agente inmobiliario que se precie, acabé proponiéndole que me buscara clientes por el barrio.

Me presentó a una amiga suya, otra castiza de la vieja guardia. Tenía una tienda muy deslavazada de ropa antigua, llena de maniquíes y de fulares colgados por las paredes. Su marido, que regentaba una joyería en la acera de enfrente, era el que supuestamente se encargaba de la venta del local, aunque la parienta no le dejó articular palabra cuando cruzamos la calle para ir a hablar con él. Pude adivinar, entre lo poco que le dejó balbucear, que ya lo tenían con otra agencia, que habían rechazado alguna oferta; en fin, no hubo manera de sacar mucho en claro. No sé por qué, pero los asuntos con Milagros resultaron todos muy liosos.

Al poco tiempo la echaron de la panadería. Era un local muy goloso que tenía varios novios, aunque ahora lleva tiempo vacío. La echo de menos cuando paso por delante, no tanto por lo de los dónuts auténticos, que también —aunque para desayunar prefiero ahora el pincho de tortilla de la Bodega de la Ardosa, es sencillamente sensacional—, sino porque me resultaba reconfortante verla por allí apostada en la puerta de su panadería.

Como les decía, este tema del posicionamiento geográfico, de que lo conozcan a uno en el barrio, todavía no lo domino. Tengo muchos y muy buenos clientes repartidos por toda la ciudad, lo cual es más que estupendo, pero me está costando mucho trabajo situarme en el negocio de proximidad. Mi cambio de peluquería se ha consolidado, Manolo se ha convertido en un buen amigo, y he ido diversificándome. Me hice unos *flyers* con mi foto a toda página, dando la cara, muy de campaña electoral americana, para que me reconocieran los vecinos. Conseguí colocarlos una temporada en la tintorería, aunque mi más fiel escaparate es el corcho del estanco de Rafa, en la calle Arenal. También lo he dejado en los buzones de los portales de los alrededores, pero los resultados no son muy brillantes, más allá de algún conocido que me comenta, anonadado, la inesperada y súbita aparición.

Dicen que en este tema hay que ser muy constante, pero me cuesta eso de salir a la calle con mis folletos. La buena noticia es que mi oficina va a tener una nueva sede en el centro, y espero que eso facilite las cosas. Además, está ubicada en un edificio singular y bastante conocido, en la glorieta de San Bernardo —que en realidad es la de Ruiz Jiménez—, obra de los arquitectos Fernando Higueras y Antonio Miró. Nunca me han resultado simpáticas esas viviendas, creo que porque no hacen ni caso a lo que las rodea; me parece que no están bien arraigadas, pero hay que reconocer que tienen calidad. Se nota que ha habido alguien detrás que se ha tomado la molestia de plantearse un problema desde la raíz para llegar a una solución propia, con sus aciertos y con sus errores, pero a su manera. Si se fijan, verán que no hay ventanas a la calle: están escondidas detrás de las profundas terrazas, protegidas del sol, del viento y del ruido del tráfico. Y luego está el juego de las gigantescas jardineras de las que cuelga la hiedra para disimular las fachadas de hormigón a la vez que independizan las terrazas. En la planta baja, los portales también se esconden dentro de unas calles interiores, dejando más escaparate a los locales comerciales. Y así todo, distinto, nuevo, pensado…, y las casas por dentro tienen una pinta bárbara; todavía no he conseguido colarme en ninguna de ellas.

Quizás esta nueva oficina sea un buen apoyo para mejorar mi posicionamiento geográfico, lo veremos, aunque ya solo que esté tan cerca de casa será a buen seguro una mejora. Ya les contaré. Por otra parte, es un lugar especial para mí, porque el nuevo local está justo enfrente de uno de los últimos trabajos en los que participé como arquitecto: la reforma del bar La Tape, en la calle San Bernardo casi llegando a la glorieta. Desde mi perspectiva actual observo el final de mi anterior etapa, cuatro años hace ya.

26

Empiezo la jornada del lunes haciéndome pasar por uno de mis clientes para cambiar la titularidad de un contrato de luz y gas. Es una operación compleja para estas horas de la mañana en las que estoy aún adormilado, pues tengo que manejar números de cuentas bancarias, contratos y documentos nacionales de identidad del anterior y del nuevo titular, al que debo suplantar. Qué pelmazos son los de las compañías de luz y gas, no sé por qué tienen que hacerle a uno sentirse como un impostor, si solo quiero hacerle una gestión a mi cliente.

Mientras me van haciendo la grabación en la que me informan de los precios y las tarifas del nuevo contrato del señor Martínez, voy revisando mi bandeja de entrada. Desde que he empezado a usar auriculares para tener las manos libres mientras hablo por teléfono, soy capaz ya de realizar múltiples tareas con simultaneidad. Fue mi amiga Alejandra quien me aconsejó que los usara, un día que nos encontramos por la calle. Me paré a saludarla y mientras hacía yo el gesto de tapar el micrófono con la mano para darle un beso, tuvo tiempo de decirme que debería considerar esa posibilidad; «Tú, que hablas tanto por teléfono…». Seguimos después cada uno nuestro camino.

Como todos los lunes a media mañana, entra la *newsletter* semanal de RE/MAX España, titulada «¿Te perdiste algo interesante la semana pasada?». Abre el boletín con los valores de la empresa, hoy toca «Aprendizaje»; se puede uno descargar la lista completa si lo desea: integridad, servicio, compromiso, entusiasmo, resultados… Continúan con la misión: «Ser la empresa líder en España…», para seguir con las novedades: han abierto nueva oficina en Granada; últimos datos del mercado inmobiliario ofrecidos por el Instituto Nacional de Estadística, y el nuevo curso de formación «Bienvenidos a la bonanza inmobiliaria». Para finalizar, un enlace en el que descargar las fotos de la reciente convención en Punta Umbría, que no debo dudar en publicar en mis redes sociales.

Últimamente a las empresas les ha dado por el sermoncito de la misión y los valores, se oye por todos lados. Hoy en día, como no tengas misión y valores estás perdido. Son la guía que nos permite encontrar el camino hacia el sentido de pertenencia a una entidad superior. Y digo yo que todo esto es cuando menos ambiguo, ¿no les parece? Quiero decir que todo el mundo piensa que tiene unos valores estupendos, y una misión más que loable, pero también se han hecho cosas terribles con estas mismas armas. Yo creo que Hitler, por ejemplo, tenía clarísima su misión, y unos valores como la copa de un pino, y convenció a un montón de gente de lo fantásticos que eran, a millones de personas. No lo digo solamente por mi empresa, lo digo por todas: su objetivo es facturar lo más posible, crecer y crecer, llevarse un trozo del pastel lo más grande que se puede, y sobre todo mayor que el de al lado, y no lo veo mal; sencillamente me limito a decir que eso de la misión y los valores hay que tomárselo con cierta precaución.

Al darle un trago al café con leche que me he preparado con el sobrante del desayuno de esta mañana me atraganto. Me pongo perdidos la camisa y el pantalón nuevo que me he comprado en Las Rozas Village este último fin de semana. Me lo paso bomba en ese centro comercial, una calle simulada en medio de la nada, una ficción estremecedora, un decorado por el que se pasea la flor y nata de la clase acomodada del noroeste madrileño mezclada con familias de chinos y japoneses, bolsas en mano de marcas de lujo repletas de prendas adquiridas a precios supuestamente de ganga. Solo me compro ropa allí y en una tienda *vintage* que hay en Mojácar, en la que Marta y su chico Gustavo, dos roqueros empedernidos respectivamente disfrazados de Peggy Sue y Travolta, con su correspondiente Harley Davidson aparcada en la puerta, venden unas prendas usadas fantásticas, muy bien elegidas —elegantes—, y muy baratas. Ambos lugares tienen en común que suelen disponer de ropa grande, algo que no ocurre nunca en los almacenes textiles que han conquistado avenidas y plazas. Hoy se divierte la gente de otra manera: antes ibas a ver una película y ahora te vas a comprar una camiseta; cuesta más o menos lo mismo que una entrada, o incluso es más barato.

También me va entrando alguna buena noticia esta mañana. Unos hermanos me confirman que les parece bien el contrato que ha firmado otro de ellos conmigo para que les venda la casa de su padre, que falleció hace como un año, en el barrio de la Concepción. Este encargo me ha llegado por uno de mis primeros mentorizados, que ya no está en la empresa. Lo dejó pasados unos cuantos meses y me manda a los clientes que le salen.

Miguel había trabajado toda su vida en un banco y había aprovechado una de esas operaciones con las que las empresas se quitan a los trabajadores de encima, prejubilaciones se llaman. No sé muy bien cómo funcionan esas cosas, pero no deja de sorprenderme que a la gente con experiencia, que está en la mejor edad para aportar, le den unas facilidades extraordinarias para que se largue. Ya imagino que es porque es más barato contratar a un jovencito, pero aun así no lo entiendo, con lo que cuesta formar a alguien.

Miguel estaba muy capacitado, tenía una buena carrera, hablaba muy bien varios idiomas y era una persona muy trabajadora. Entró a probar suerte, no tenía muy claro que le interesara dedicarse a este negocio, pero disponía de tiempo y quería ocuparlo. Al final, después de varios meses intentándolo, me dijo un día que él no valía para esto, y poco después encontró trabajo en un instituto de crédito oficial. Yo creo que se quedó contento, dijo haber aprendido muchas cosas, y que valían para todo, no solo para ser agente inmobiliario.

A media mañana me entra una llamada de un número desconocido. Es precisamente la vecina de enfrente del piso de cuyo propietario acabo de usurpar la identidad. Me dice que el viernes por la noche ha habido una fiesta en la casa, con un montón de gente, y que se dejaron todas las luces encendidas. Que yo sepa, soy el único que tiene las llaves, así que me convierto al instante en sospechoso número uno. Salgo corriendo para allá, atravieso la plaza Mayor a pleno sol; ya va haciendo mucho calor, me siento flotar sobre mis New Balance como en un espejismo. Visualizo el piso sepultado por los restos de una auténtica bacanal, copas y botellas vacías por todos lados, ceniceros atestados de colillas sobre el suelo pegajoso que se queda siempre tras una buena fiesta. Cuando llego todo está en perfecto estado, tan solo me había dejado una luz encendida en la entrada. Llamo a la señora para tranquilizarla, y para preguntarle qué tipo de fiesta era la que había visto, pero ya no me habla más que de las luces, de que no había podido pegar ojo en todo el fin de semana. «Gracias por llamar», me dice escabulléndose.

De vuelta a casa, ya más relajado, me refugio un momento en el frescor de la iglesia de la Santa Cruz, esa que tiene una torre de ladrillo muy alta, al principio de la calle Atocha, y me encuentro con un cartelillo para mi colección:

NO PONGA LOS PIES EN EL RECLINATORIO

A veces, si voy con tiempo, me meto en las iglesias, sobre todo en verano, pues suelen ser muy frescas. Me pasa un poco como con los comercios de los hoteles: son lugares tan aislados del mundo en el que vivimos a diario que me hacen sentir como un turista en mi propia ciudad. De las más bonitas que hay en Madrid es la del Caballero de Gracia, en la calle del mismo nombre; es obra del arquitecto Juan de Villanueva, de los buenos de verdad que hemos tenido, a quien debemos el edificio del Museo del Prado, obra maestra, o el Observatorio Astronómico del Retiro, maravilloso lugar. Villanueva fue el arquitecto que le dio forma a ese Madrid que a finales del siglo XVIII superaba los límites medievales para entregarse por entero a la científica luz de la Ilustración.

Suya hay una obra que me gusta en particular: la reja que cerraba el parque de bomberos de la calle Imperial, junto a la plaza Mayor. Me parece imponente. Entraban y salían los coches de bomberos a toda velocidad casi raspando sus recios hierros negros. Villanueva fue arquitecto municipal, y además de grandes encargos se ocupaba de lo que fuera menester. Su título: «Arquitecto maestro mayor de Madrid, y de sus fuentes y viajes de agua», no me digan que no es bonito. Viajes de agua, un fontanero, eso sí que es un buen título.

El otro día, mientras esperaba a que terminara de atender el frutero para darle una valoración que le había preparado de un piso que quería vender en el PAU de Carabanchel —zona de pisos nuevos como los barrios de Montecarmelo o San Chinarro, años noventa, manzanas aisladas, urbanismo del automóvil—, entré en otro templo que me encantó. Había pasado por allí unas cincuenta mil veces y nunca había cruzado el umbral, y estando como estaba justo enfrente de la frutería, me metí. Dos euritos cobraban. Ya sabía que la iglesia de San Antonio de los Alemanes, en la Corredera Baja, era una de las mejores construcciones barrocas que había en la ciudad, lo cual tampoco es decir mucho, pues escasa arquitectura de esa época hay en Madrid, las churriguerescas portadas del arquitecto Pedro de Ribera y poco más. Esta por fuera no parece gran cosa, pero por dentro es muy bonita. Su planta es ovalada, del tipo de San Carlino, en Roma, que creo que es uno de los sitios que más me gustan en el mundo, obra de Borromini, artista aguerrido metido hacia dentro y bueno de verdad, y gran rival de Bernini, el arquitecto barroco oficial del régimen del Vaticano, triunfador que conseguía los mejores encargos en los pasillos.

Lo que más me divirtió de esta pequeña obra del barroco madrileño es que antes se llamaba de los Portugueses, pero se cambió a los Alemanes al disolverse la alianza con nuestros vecinos de Península, a mediados del siglo XVII. Me imaginé la perreta del monarca de turno —no sé quién era, podría mirarlo en Google para que pareciera que sí, pero es absurdo, no pasa nada por no saberlo, creo yo, es irrelevante ahora mismo—, me lo imaginé con su corona todo digno: «Hala, pues le quito el nombre a la iglesia y os fastidiáis. Para los alemanes, que ellos sí que me ajuntan». La Historia está llena de tonterías de estas.

27

Para rentas antiguas, la de Ramón. Ochenta y cinco años hacía que sus padres habían arrendado el piso en el que seguía viviendo, una entreplanta dentro de un palacio en la mejor zona del barrio de Salamanca, más de trescientos metros cuadrados. Era el último inquilino que quedaba en la finca. Había tenido que salir a la calle para abrirme el portal. Subimos un tramo de escaleras y entramos en la casa.

Techos alejadísimos, cuadros de pinacoteca, antigüedades y libros por todos lados, una cocina inmensa con los restos de la comida encima de la mesa —«La asistenta viene por las mañanas»—. Pasillos infinitos, habitaciones cerradas desde hace siglos, unos radiadores de fundición que da gloria ver, aunque no tocar, porque están helados. Estamos en pleno mes de diciembre, mucho frío en la calle, hace ya tiempo que no ponen la calefacción. En la parte de la casa que se usa hay un persistente olor a catalítica que tumba.

Nos sentamos en un tresillo rococó; sobre la mesa baja, una bandejita de plata con un té y unas pastas. Ramón tenía un aspecto bárbaro. Su discurso cristalino, impecable, sin una sola vacilación, no puede provenir más que de una cabeza en perfectísimo estado. Con su gruesa chaqueta de lana bien ajustada, me cuenta miles de cosas. Es el tipo de persona que parece haber disfrutado de varias vidas. Llegó a Madrid cuando tenía tres años, a esta misma casa. Estudió la carrera diplomática, ha conocido muchos países, ha sido embajador en distintas plazas; Turquía fue su último destino antes de jubilarse. Está muy contento de conocerme, dice, pues ha tratado a varios de mis tíos. Ha sido mi amiga Peli quien nos ha puesto en contacto.

Después de una luminosa conversación, llegamos al meollo del asunto. Un fondo de inversión ha comprado todo el edificio, y Ramón está negociando una salida airosa, es decir, una buena indemnización. Ya le intentaron echar hace muchos años, pero ganó el pleito a sus antiguos caseros, los jesuitas. No sabía yo que los diplomáticos nunca fijan su residencia en los países en los que están destinados, y por tanto su domicilio oficial permanece en el país de origen, lo que le había permitido subrogarse en el contrato de su padre sin problema alguno por los siglos de los siglos.

Tenía ante mí uno de los más ilustres e inteligentes *bichos* que imaginarse pueda. Sabía muy bien que la suya era una guerra perdida, porque si bien legalmente no podían echarlo, no tenía sentido permanecer mientras le hacían la vida imposible. Tampoco esperaba de mí solución alguna. En realidad, me recibía en su casa porque sus amigos lo estaban forzando a maniobrar, pero él ya lo tenía todo pensado. Era consciente de que no aguantaría una segunda mudanza, los alquileres vitalicios ya no existían, la legislación los vetaba. La mejor fórmula era negociar esa indemnización y un usufructo sobre un piso que les conviniera. Estaba dispuesto a deshacerse de muchos de los muebles y objetos que le rodeaban, incluso aceptaba que le podría venir bien ir soltando un poco de lastre. Me consultaba sobre los precios de la zona, como para hacerme ver que le estaba siendo útil.

Por casualidad, tenía justamente un piso en alquiler que creí que le podía cuadrar en un lugar muy especial: el edificio Girasol, una de las pocas obras madrileñas del arquitecto catalán José Antonio Coderch de Sentmenat, un maestro. Le conté que no era una casa de pisos como las demás. De entrada, que no tenía la típica escalera principal; que desde una generosa calle interior, rodeada de vegetación, se accedía a los cinco ascensores que transportaban a sus habitantes hasta el mismísimo vestíbulo de su vivienda, sin pasillos ni distribuidores. Que sus muros ni eran perpendiculares a la fachada ni seguían la línea recta, sino que se curvaban sensualmente para buscar el sol y protegerse a la vez de las ventanas indiscretas, o para alojar la chimenea en el salón. Le conté cómo el Girasol intentaba desaparecer ocultando puertas y ventanas detrás de unas ligeras celosías de madera, encerrando un concepto distinto de la vivienda de lujo, más pendiente de la calidad de vida en el interior que de su apariencia externa.

Ramón, que conocía de sobra el Girasol, me escuchaba educadamente, y hasta parecía divertirse con mis apasionadas explicaciones. Ya me llamaría si lo quería visitar. De momento decía que tenía tiempo, no se lo pierdan. Como un año o así. Iba a esperar a ver si llegaba a algún acuerdo con los del fondo buitre.

Su mujer —una francesa que a sus ochenta y ocho años seguía siendo, al parecer, una auténtica belleza— permaneció en sus aposentos. Me habría gustado conocerla. Al pasar por su dormitorio había visto sobre su mesilla de noche un libro cuyo título me interesó: *Las leyes fundamentales de la estupidez humana.*

Según me despedí de Ramón en el portal —había tenido que bajar a abrirme de nuevo— lo encargué. Clasifica a los seres humanos en cuatro tipos, en función del efecto que tienen sus actos sobre ellos mismos y sus semejantes. Las de los inteligentes benefician a su entorno a la vez que a sí mismos, las de los estúpidos exactamente lo contrario, luego están los ladrones, que se benefician a costa de los demás, y por fin los cretinos, que se perjudican beneficiando al resto. Me ha servido mucho, aquí se lo dejo por si les puede ser útil a ustedes también.

28

Me ha llamado la mujer de Juan, el amigo que me mandó el wasap mientras estaba yo en Londres visitando a mi hijo Diego. Sí, hombre, aquel con quien estuve levitando en la cervecería Alonso para celebrar la venta de su piso, ese. Pues me ha llamado su mujer para que le venda un piso en Calpe, Alicante. Lleva tiempo con una inmobiliaria de la zona pero no le dicen nada, tiene clarísimo que se lo quiere quitar de encima.

Como está un poco lejos, tengo que buscar un agente de por allí para que me eche una mano. Llamo a Eva, la única compañera que queda de los que estaban en la agencia cuando entré yo, para ver si me puede recomendar a uno. Me dice que un tal Valentino es mi hombre. Para comprobarlo me organizo un salto a la costa. Quiero asegurarme de que mi clienta va a estar en buenas manos, y además llevo años queriendo ir a comer a la barra del restaurante Nou Manolín, de la que he oído hablar maravillas.

El viaje es bastante amable, esto del AVE es como un metro a escala territorial. En poco más de dos horas, que se me pasan volando, desembarco en Alicante. Había reservado un coche de alquiler para llegar hasta Calpe.

Hay que ver lo bordes que son los de las empresas de *rent a car*. Antes de entregarme el vehículo me insisten en que contrate un seguro a todo riesgo, a lo cual me niego —cuesta más caro que el propio alquiler y nunca he tenido un accidente, así que me resisto a pensar que voy tener tan mala suerte— y entonces la chica del mostrador, casi rabiosa, me empieza a enumerar toda una serie de posibles calamidades de las que me tengo que responsabilizar: daños a terceros y propios, rotura de lunas, robo, incendio... Salí de allí como si en vez de las llaves de un coche llevara una auténtica bomba de relojería. Son ganas de intentar fastidiarle a uno el viaje.

Me dirijo hacia el norte. Desde la autopista se ve Benidorm, ese Manhattan mediterráneo que se ha convertido en los últimos años en un modelo de urbanismo sostenible por lo juntitos que están todos allí, lo cual no deja de ser bastante razonable, mucho más que la ciudad dispersa en la que hace falta el coche para cualquier cosa. Aunque le tiene que gustar a uno estar apiñado.

En una hora más me planto en Calpe. El piso es un aticazo, novena planta, con más metros de terraza que de casa, tres dormitorios con dos baños, zonas comunes con piscina y pádel, vistas al mar a lo lejos con algunas torres de apartamentos de por medio.

—Un producto claro para extranjeros —dice Valentino cuando se presenta.

Italiano, gafas de sol Ray-Ban modelo aviador, pinganillo acoplado en la oreja, lleva siete años trabajándose la zona. En doscientos ochenta y dos mil euros nos lo liquida. Hacemos el contrato, saca la Canon, la propietaria nos deja las llaves y se va a Valencia, que tiene que hacer unas gestiones.

Durante un rato ayudo a mi nuevo compañero. Sacamos las tumbonas a la terraza para ambientar un poco el reportaje, dice que habrá que hacer algo más de *home staging* —interiorismo inmobiliario, Valentino iba a traer tan solo unas colchas para cubrir las camas, pero hay empresas que te visten un piso con muebles de cartón en un periquete—. Yo mientras, por si acaso, abro los grifos para rellenar los botes sifónicos, el piso lleva unos meses desocupado. En un periquete, todo listo. Valentino se queda al mando y yo me vuelvo para Alicante. El Nou Manolín me espera.

Voy justo de tiempo, así que me tengo que arriesgar a dejar el coche aparcado en la calle y entregarlo después de comer, aunque con la pegatina de Goldcar en el cristal me dé miedo que me lo abran y se cumpla la desgracia anunciada —diría que casi deseada— por la dependienta. Por si acaso, me llevo la bolsa con el ordenador.

Hay dos barras míticas en Levante que hay que conocer. Una es esta, y la otra, la del Hispano, en Murcia. Cualquiera de las dos merece expresamente un viaje, en ambas se practica el más refinado arte de comer en la barra. En la del Hispano he parado varias veces, pues está de camino entre Madrid y Mojácar. Le sirven a uno suculentos manjares, acompañados de los mejores vinos. Tiene dos zonas, una de taburetes normales y ciento diez centímetros de altura, y otra algo más baja, como de noventa, que es casi la mejor, porque estás sentado en una posición intermedia muy cómoda. En el Nou Manolín solo tienen barra de altura normal, más ancha de lo habitual, en la que caben los expositores refrigerados, relucen las almejas, los boquerones o las gambas de Denia, rojas como un demonio, creo que sabrosas como ninguna, no tuve ocasión de probarlas, no podía pedirlo todo.

De plato del día tenían un marmitako —con ka aunque llevaba atún fresco del Mediterráneo—, que, sintiéndolo mucho por todos los que he probado con bonito del Cantábrico, es el mejor que me he tomado en mi vida. Solo pedí media ración para poder probar otros manjares. Me ofrece el camarero, si se lo permito, a lo que naturalmente accedo, o unos boquerones o unas almejas o unos calamares o un tomate aliñado con bacalao o mojama, lo que prefiera. Me asalta un mar de dudas y me echa una mano: un tomatito con bacalao puede ser una buena idea.

Mereció la pena el viaje. Al despedirme de Valentino me dijo que podía habérmelo ahorrado, pero entre que me cercioré de que dejaba a mi clienta en buenas manos y el homenaje gastronómico, me salió redondo.

De vuelta, lanzado en el AVE, no puedo dejar de pensar en lo estúpidos que somos los humanos. En poco más de un siglo nos habremos pulido la energía fósil que se ha ido almacenando durante millones de años en el interior del planeta. ¿Para qué? ¿Qué ventaja tiene hacerlo todo tan deprisa? ¿Cómo es posible que hayamos creado una civilización en torno a una materia prima, el petróleo, que es por definición finita? Haciendo el cálculo de los litros de gasolina que he consumido yo solito con mi coche, habré conducido en mis utilitarios unos ochocientos mil kilómetros, a una media de seis litros por cada cien, serían cuarenta y ocho mil litros. Mi amigo Yago, que de estos temas sabe mucho —aunque es ingeniero agrónomo, trabaja en una empresa de energía eléctrica—, siempre argumenta que ya inventaremos algo.

Por la ventanilla del tren se ven a lo lejos generadores eólicos con brazos de gigante que parecen querer darle la razón. Qué le habrían parecido a Don Quijote estos vertiginosos progresos, me preguntaba mientras surcaba las llanuras manchegas a más de trescientos kilómetros por hora.

29

Estuve hace poco en una fiesta de esas en las que no conoces a nadie y te da una pereza horrible ir. Al final me animé, en parte porque mi amiga María, a la que acompañaba, me recordó que se lo acaba uno pasando bien, pero sobre todo porque era en uno de mis edificios favoritos de Madrid, en la plaza de Matute, un pequeño ensanchamiento de la calle de las Huertas, justo antes de iniciar su bajada hacia el paseo del Prado. La casa Pérez Villaamil.

Su escalera y ascensor, sus vidrieras y ornamentos, sus suelos, su mobiliario, sus herrajes hasta el último picaporte, pasando por el inevitable cartel de ASEGURADA DE INCENDIOS, fueron diseñados para crear el ambiente que encargó construir el ingeniero Enrique Pérez Villaamil, nieto del célebre paisajista romántico de idéntico apellido, al arquitecto Eduardo Reynals, prestigioso especialista en dar a sus edificios el estilo que le pedían sus clientes.

Antes de ir a la fiesta releí los datos que tenía sobre la casa, ya saben, por si acaso hay que dar un poco de charlita. Aunque lo había estudiado bien para uno de mis artículos en prensa, no recordaba casi nada. El ilustrado ingeniero Villaamil quería para él las dos plantas superiores, organizando lo que ahora llamaríamos un dúplex y dejando «el sótano para dependencia de la tienda y los inquilinos, la planta baja para tienda y portería, y las plantas primera y principal para habitaciones de alquiler», según pude releer en el número de octubre de 1908 de la revista *Arquitectura y Construcción* que tenía fotocopiado. Todo ello lo encargó conforme al *look* modernista, la última moda europea durante el cambio de siglo, que, huyendo de la aburrida línea recta, quiso ser algo más que una nueva apariencia y convertirse en un estilo de vida, explorando la capacidad expresiva de la curva para crear atmósferas totalmente nuevas.

Lo bonito es cómo el edificio, con los tres cipreses de la azotea que son ya parte imprescindible de su silueta, ha contagiado su carácter a la plaza, cuyo nombre no sabemos si proviene del apellido de los antiguos propietarios de estos terrenos o de «lo propicios que eran estos para el matute cuando se hallaban fuera de la villa», según el sabio madrileño Fernández de los Ríos. Lo que sí es seguro es lo especial de este rincón. Sorprende cómo la distante presencia de esta joya de la arquitectura madrileña, la gracia con que se asienta en ese lado de la plaza, casi escondida, lo cuidado de todos sus pequeños detalles, se transmite a todo el espacio, viéndose también un poco envuelto por ella, como envolvía el ambiente de la fiesta, aunque sin conseguir animarla lo más mínimo. Como preveía, con el ánimo un tanto funesto que se le pone a uno a veces, todo se desarrollaba a lo largo de la sinuosa línea del más absoluto aburrimiento.

La comida era buena, lo que dio pie a que se animara la conversación. Arquitectos, publicistas o músicos pululábamos alrededor de la mesa en la que acababan de sacar unos codillos que tenían una pinta bastante apetitosa. Había yo pasado un momento por la cocina y había visto que estaban envasados al vacío, pero por supuesto no dije nada, por si acaso la dueña de la casa quería aparentar que llevaba el día entero cocinando, pero fue ella misma la que anunció, tan contenta: «¡Son de Ikea!».

El caso es que los codillos estaban hasta buenos, y entre unas cosas y otras acabé pegando la hebra con un escritor de acento cubano, muy simpático, que al hilo de los precocinados de Ikea me hizo una extraordinaria confesión: los pollos asados de Mercadona eran buenísimos. ¡El pollo asado de Mercadona! Dios mío, qué imprevisible conjunción astral me había llevado a situarme en mi querida casa de la plaza de Matute, en esa terraza privilegiada que tanto había deseado conocer, siendo depositario de uno de los mayores secretos culinarios que se me habían confiado en toda mi vida. Nos estuvimos riendo a carcajadas, de verdad, pero a lágrima viva, con el pollo asado de Mercadona, de esas risas estúpidas que no sabe uno muy bien por qué le dan, pero que a veces surgen y se agradecen tanto.

Como comprenderán, en los días siguientes no paré hasta ir a Mercadona, algo que ya no solía hacer. Con la crisis tuve que pasar al DIA, después de haber abandonado previamente el supermercado de El Corte Inglés. En fin, acabé haciéndome con un pollo, bien envasado al vacío, lo calenté en el microondas, y no estaba mal, aunque tampoco es que fuera para tanto. De hecho, no volví a insistir demasiado.

Me encantaría vender un piso de la casa modernista de Pérez Villaamil. Confieso que incluso había pensado inventarme que en la fiesta había conocido al dueño de la vivienda, que la quería vender, y que me había encargado el trabajo. Después habría podido seguir diciendo que ahora solamente vendo pisos molones, que me he hecho agente de RE/MAX Collection, una movida que hay en la agencia solo para pisos caros, y pretende ser así como muy elegante, con una imagen muy cuidada, todo como negro y con letras de esas de tarjeta de invitación de boda —Lola dice que parece como de puticlub de lujo, para que se hagan una idea—. Pero la verdad es que sigo vendiendo de todo, y me gusta así. Prefiero mil veces ser un agente normal.

Me llamaron hace poco unos señores bastante mayores —como de ochenta y tantos— que querían vender cuatro pisos en Riaza, un pueblo de Segovia a una hora y pico de Madrid. Dionisio, el marido, era de una aldea en la que tengo en venta una casa rural —un trabajo complicado porque las hay a miles y no salen ni a tiros, no saben la cantidad de gente que pensó en retirarse al campo y abrir un hotelito rústico cuando empezó la moda del turismo rural y ahora ya no tiene ninguna gana de seguir poniendo el desayuno a los urbanitas que van a pasar el fin de semana—. El viernes pasado fui con él y su mujer de excursión a ver los inmuebles. Salía yo de una recarga, que es como las convenciones anuales de las que ya les he hablado, pero solo de Madrid. Me habían dado mi diploma de rigor —«Eres ya un clásico», me dijo un compañero; me dio que pensar—, así que aproveché el momento *coffee break* para coger el coche y largarme. Habíamos quedado en el kilómetro noventa y ocho de la carretera de Burgos, y no me imaginaba yo que el matrimonio había planeado comer allí. Cuando llegué ya habían ido pidiendo, pues se habían adelantado. Se iban a atizar nada más y nada menos que unos judiones de La Granja de primero y un pescadito de segundo. Y yo, que ahora como menos que antes y estaba pensando en algo más bien ligerito, unas alcachofas o algo así, no tuve más remedio que acompañarlos y probar los judiones. Como no me dio muy buena espina lo del pescado, me tomé de segundo unas chuletitas de cordero.

Aquello me divirtió muchísimo, me lo pasé genial con aquel matrimonio tan mayor disfrutando de aquel plato de judiones. Entraba por la ventana una luz clara e invernal. En esa zona suelen verse los rayos del sol pasar a través de las nubes, es un paisaje muy plano, un poco estepario. Había nevado recientemente, motivo por el cual habíamos tenido que ir aplazando la visita.

Fui a pagar, ellos eran mis clientes. «No, hoy te invitamos nosotros. Cuando nos vendas un piso ya invitarás tú». Nunca me contrataron.

30

Hay días que son mejores que otros. Hay ratos que son mejores que otros. Los continuos cambios de estado de ánimo son un enigma que nunca he visto mejor expresado que en el cuento de Maupassant, *El Horla*:

> ¿De dónde vienen esas influencias misteriosas que transforman nuestra felicidad en desazón y nuestra confianza en angustia? Se diría que el aire, el aire invisible, está lleno de indescifrables Potencias, cuya misteriosa proximidad padecemos. Me despierto lleno de alegría, con ganas de cantar en la garganta. ¿Por qué? Desciendo el curso del agua, y de repente, tras un corto paseo, vuelvo desolado, como si alguna desgracia me esperara en casa. ¿Por qué? ¿Es un escalofrío el que, rozando mi piel, ha exasperado mis nervios y oscurecido mi alma? ¿Es la forma de las nubes, o el color del día, o quizás sea el color de las cosas, tan variable, el que, pasando por mis ojos, ha perturbado mi pensamiento? ¿Quién sabe? Todo lo que nos rodea, todo lo que vemos sin mirarlo, todo lo que rozamos sin conocerlo, todo lo que tocamos sin palparlo, todo lo que nos encontramos sin distinguirlo

tiene sobre nosotros, nuestros órganos y, a su través, nuestras ideas, nuestro corazón mismo efectos rápidos, sorprendentes e inexplicables.

Llevo una temporada sin conseguir llenar bien de aire los pulmones. No sé si les habrá sucedido, aspiro y aspiro profundamente y nada, no hay manera. Supongo que le debe de pasar a todo el mundo de vez en cuando, pero tampoco estoy seguro, claro.

Normalmente me ocurre en primavera, por la alergia al polen. Ahora ya casi se me ha quitado, pero antes no saben cómo me ponía de mal. Hasta me libré de la mili gracias a ella. Pasé unas cuantas mañanas en el Hospital Militar Gómez Ulla de Carabanchel. Después de hacer interminables colas para presentar las oportunas alegaciones, me hacían correr un rato por un descampado para ver cómo respiraba. Yo estaba hecho un torete con mi baloncesto, así que esta prueba no me favorecía demasiado. Pero luego, cuando me hacían las de alergia propiamente dichas —te ponían unos líquidos en el brazo para comprobar las reacciones—, me salían unos ronchones espectaculares que eran la envidia de todos los compañeros que me rodeaban. En la segunda revisión, a los dos años de la primera, en la que se debían confirmar definitivamente los resultados, las autoridades militares me declararon, sin contemplaciones, «inútil total».

Pero aunque me suela ocurrir siempre en esta época, no deja de pasarme por la cabeza que a lo mejor me estoy muriendo porque tengo un cáncer tremendo o algo así. La aprensión es de los miedos más difíciles de controlar. Como además no dejo de fumar, tengo ahí un buen filón para sentirme culpable. Mi teoría es que como hago bastante deporte, elimino muchas toxinas, y que por lo tanto puedo seguir intoxicándome sin problema, pero entiendo que es un poco arriesgada. Seguro que sería mucho mejor hacer deporte y no fumar. Y comer poco, y vivir en el campo o al borde del mar en lugar de en pleno centro de la ciudad. Nunca se sabe por dónde saltará la liebre. En fin, cada uno tiene que llevar a rastras sus propias contradicciones. Yo con esta teoría voy tirando.

Justo acabo de ir hace unos días a hacerme el certificado médico para renovarme el carné de conducir —treinta años ya también, empieza a hacer treinta años de muchas cosas— y el doctor, que era de esos de la vieja escuela, me preguntó si fumaba, o más bien dio por hecho que no.

—No fumas, ¿verdad? —me preguntó cuando no tenía ninguna necesidad de meterse en ese lío.

—Pues sí —le contesté—, no mucho, pero sí.

—Bueno, pero haces deporte —me dijo confirmando mi teoría, no sin hacerme sospechar que debía de ser un recurso que utilizaba frecuentemente para salir de atolladeros similares.

El gabinete de los certificados médicos era vetusto, tanto que la señora que atendía en la recepción con su bata blanca parecía haber sido amante del doctor toda la vida. No tengo ni idea, no les oí intercambiar más de dos frases —«Tráeme este informe» y «Haz pasar al señor Armero»—, pero me bastaron para visualizar fugazmente esa historia justo en el instante en que transitaba desde la sala de espera hacia el interior de una consulta sumida en una oscuridad total, con las persianas bajadas, antiguos instrumentos de óptica, cajas de luz con números y letras cada vez más pequeños.

—Esta fila, la siguiente, tienes una vista estupenda, no usas gafas, ¿verdad? —Otra vez equivocándose—. Bueno, pero será de cerca, para leer, tienes una vista de águila.

Todo habría salido a pedir de boca si me hubiera dicho «Diga treinta y tres» antes de mostrarme la puerta, por la que salí alegremente, no sin abonar antes las tasas, con tarjeta. Si llevo efectivo lo ofrezco, por si les cobran comisión.

—No se moleste —me dijo la amante por mí figurada—, ahora ya tenemos tarifa plana.

Y más contento aún porque además ahora los gabinetes de certificados médicos hacen directamente la gestión con la Dirección General de Tráfico, te dan un carné provisional en el acto y te mandan el definitivo a casa por correo. Las colas en Tráfico eran casi peores que las de la mili.

No sé, quizás lo de las dificultades para respirar hasta el fondo se deban a que estoy otra vez en una mala racha de resultados, y tengo claro que ya no es por el peinado. Por un lado, las circunstancias externas han cambiado. El mercado, el dichoso mercado, ha evolucionado a una velocidad vertiginosa y se ha dado la vuelta como un calcetín. Donde estaba el vendedor se encuentra ahora el comprador, y viceversa. Si antes era muy difícil vender, porque había muchos pisos disponibles y muy pocos compradores, ahora es al contrario. Esto tiene el inconveniente de que hay menos personas que crean necesitar la ayuda de un agente inmobiliario, a lo que se suma que la competencia ha crecido de forma exponencial, y aunque la tarta sea más grande hay menos oportunidades de encontrar clientes.

Por otro lado, vuelve a haber trabajo de lo que yo hacía antes, se mueve el dinero en las industrias culturales y se construyen pisos, pero si algo tengo claro es que regresar al punto de partida no me tienta nada. Y aunque, como les dije, nunca le he dado demasiadas vueltas a mi futuro, no puedo dejar de preguntarme ahora, pasados los años y los reciclajes, si no estaría bien empezar a tener alguna idea de hacia dónde me dirijo, si no llegaré a instalarme alguna vez en un lugar en el que no tenga que estar todo el día partiéndome la cara en la calle. Aunque uno se acostumbra a vivir en el alambre, es agotador.

Resulta curioso lo imperceptibles que son estos movimientos, estas evoluciones, y lo sorprendentes. Mientras se transita por una senda en apariencia tranquila en la que no se detectan signos de cambio, de pronto aparece uno un día cualquiera en un lugar diferente, nuevo y desconocido, en el cual todo funciona de otra manera completamente distinta. Incluso opuesta.

31

El otro día me subí en un Porsche Panamera, una especie de bólido extraordinario que hasta tiene un alerón que se sube solo. Se lo habían dejado a Iván porque tenía el suyo en revisión. Él siempre tiene unos cochazos impresionantes. Le pirran. A mí, sin embargo, no me gustan tanto, hasta me da un poco de corte subirme con él. Cuando se lo digo se ríe. «¡Qué va!», me contesta, y se queda tan ancho. Al volante de su máquina es lo más parecido a un niño con zapatos nuevos. Nos fuimos a comer por ahí, no tan lejos como él hubiera querido.

Por la tarde tenía tres visitas. La primera fue en el Pinar de Chamartín, al norte de la ciudad, con una mujer joven y guapa, ilusionada, con sus dos hijos pequeños en el regazo y otro en la tripa por llegar. Vivían de alquiler en la misma torre, un piso idéntico cuatro plantas más arriba. Los niños, que ya conocían perfectamente el camino del ascensor, iban delante de mí dando saltitos, deslizando alegremente una pierna y después la otra, flotando en ese etéreo baile tan característico de la infancia.

El caso es que se les veía algo inquietos, como muy agitados.

—Planta ocho, anda, dale —le dijo la madre al primogénito con una sonrisa de oreja a oreja—. Es su número favorito —me aclaró.

El niño se hinchió de contento, se puso de puntillas, al doce no llegaba pero al ocho sí, y le dio al botón. Salimos al rellano y mientras abría la puerta de la casa —tardé un rato, el lío habitual de llaves— seguían revoloteando. Irrumpieron en el vestíbulo los dos a todo correr y empezaron a dar vueltas como locos. Se fueron hacia la zona de los dormitorios, salieron, volvieron a entrar, miraban y remiraban por todos lados, el salón, la cocina, hasta que ya por fin se detuvieron, y le preguntaron a su madre, totalmente desencajados:

—Mamá, ¿dónde están los juguetes? ¿Y las literas?, ¿dónde están las literas?

A mí me miraban como diciendo: «Pero este grandullón de dónde ha salido, no le habíamos visto en la vida, nos vacía la casa y está aquí tan campante, y nuestra madre como si nada». Estaban completamente indignados. Tuvimos que salir de allí a toda prisa. Los chavalines se precipitaron de nuevo hacia el ascensor, como huyendo de la peor de las pesadillas.

Siguiente parada: barrio de Usera. Pasaban chinos, sudamericanos, magrebíes y en la luna del escaparate de un bar se veía el reflejo de unas señoras merendando. Tarde heladora, mucho viento. Alquilando un piso, setecientos euros al mes, dos habitaciones, una terracita bastante cuca a la calle de Marcelo Usera, un trastero en la azotea con una vista de Madrid divina. Estábamos esperando en el portal a la novia de Pablo, un joven gallego que parecía muy interesado. De repente, pasó alguien y empezaron a volar billetes de cinco, diez, veinte euros. Nos quedamos paralizados.

—¡Ayúdenme, coño! —exclamó el fornido mulato con acento tropical.

Pablo y yo nos miramos, nos agachamos y perseguimos los billetes. Al principio nos había parecido una trampa.

—La imagen del día —dijo Pablo cuando el mulato se fue.

De camino a la última visita, iba yo trasladando mi chatarra por la M-30 —mi Volkswagen de hace diez años me pareció una cafetera después del paseo en el Panamera—, y sonó en la radio una canción muy especial para mí, «Qualsevol nit pot sortir el sol», del cantautor barcelonés Jaume Sisa. A Gonzalo le encantaba.

Cuando murió quise ponerla en la ceremonia, pero no me dio tiempo, la tenía en el maldito iPod y me lie. Me había preguntado el cura si queríamos poner alguna música en particular, y yo quise haberla puesto pero no pude, y cada vez que la oigo me acuerdo, y me da una rabia que me muero. La canción es sobre una fiesta cuyos invitados son personajes míticos de cómics, libros y películas, que van llegando y llegando, de Blancanieves a King Kong, de Carpanta al Capitán Trueno, de Jaimito a Doña Urraca, de la mona Chita a Peter Pan… Y casi al final dice: «Y faltas tú».

No hay nada como escuchar una buena canción mientras vas conduciendo para sentirte realmente bien, para disfrutar del paisaje. La música tiene el poder de transformar por completo el estado de ánimo, la manera de ver las cosas. Intuyo que tiene que ver con que altera nuestra relación con el tiempo y el espacio, aunque no estoy seguro de que sea eso. Una buena canción de los Rolling —«Beast of Burden», por ejemplo, o «Dead Flowers», o «Loving Cup»— rodando sobre mi querida circunvalación hacia el nudo norte pasada la salida de Ramón y Cajal le reconcilia a uno con cualquier cosa, incluso contigo mismo.

Todo da vueltas sin cesar y sin llegar a ningún sitio, todo gira sin descanso, todo es siempre igual de distinto. Por eso me gusta tanto la M-30, en la que cabe todo Madrid, de la plaza de toros al Palacio Real, de la Casa de Campo al barrio del Pilar. Me hace sentir bien ese vacío en continuo movimiento, ese universo giratorio que no para de rodar.

Acabé la jornada en Moncloa. Últimamente he ido bastante por allí porque he tenido un local en venta justo unos pocos metros más abajo de mi antiguo portal. Esta vez debía esperar a que los compradores tomasen unas medidas, y aunque todavía no era la hora de cenar, les dejé un rato solos —ya habíamos firmado las arras y el local estaba vacío— y me fui a tomar algo a Donoso, una hamburguesería a la que bajaba muy a menudo con mi hermano para llevar la cena a casa. El menú era siempre hamburguesa y sándwich mixto por barba, con botellín de Mahou para Gonzalo y Belén y Trinaranjus de naranja para los niños.

No estoy seguro de que sean especialmente buenas esas hamburguesas, pero lo que sí que les puedo garantizar es que son únicas. Me atrevería a recomendárselas; no sé si les gustarán, pero para mí son como la magdalena de Proust: contienen esa fragancia que me transporta en el acto a la infancia.

De Donoso no salí dando saltitos de puro milagro tras zamparme una completa —champi, beicon y queso— acompañada del botellín correspondiente, que para eso, ahora, ya soy mayor. O no.

Agradecimientos

A todas las personas que han confiado en mí para vender o comprar inmuebles. A ellas, y también a las que no llegaron a hacerlo, así como a familiares, amigos y colegas, por generar la materia prima con la que crear estas historias. He omitido o cambiado muchos nombres y detalles circunstanciales, cuando ha sido necesario salvaguardar su privacidad.

A Iván González por su apoyo constante, adornado siempre con un inagotable sentido del humor.

A mis editoras, María Fasce y Lola Albornoz, a Maya Granero por su luminosa revisión, y a todo el equipo editorial de Lumen.

A Willy Altares y Laura García Lorca, mis primeros lectores.

El fragmento del cuento *Cómo el cielo se separó de la tierra* es una traducción de José Manuel Pedrosa y José Manuel de Prada Sampert, publicada en *Cuentos del Pacífico*, Madrid, Casa Asia, 2008.

Madrid, marzo de 2019